MITCH ALBOM

Dienstags bei Morrie

Buch:

Nach sechzehn Jahren besucht Mitch Albom seinen alten, kranken Lieblingsprofessor wieder und staunt: So sehr die tödliche Krankheit ihn gezeichnet hat, so hat Morrie darüber doch nicht seinen Humor, seine Würde und seinen Mut verloren. In diesem Geist des »trotz allem« beginnen die Gespräche mit Morrie. Jeden Dienstag vierzehn Wochen lang. Gespräche über unser Leben und unsere Kultur, über Ehe und Familie, über die Arbeit und soziales Engagement, übers Verzeihen und über das, was uns das Leben geschenkt und was es uns vorenthalten hat, über Glück und Abschiednehmen, über die Reue und die Angst vorm Älterwerden. Diese anregenden Zusammenkünfte lassen nicht nur den Professor in Ruhe dem eigenen Tod entgegengehen – sie verändern auch Mitch Alboms Leben für immer.

Autor:

Mitch Albom, Jahrgang 1958, schreibt für die Detroit Free Press und wurde bereits zehnmal als Amerikas Sportkolumnist Nr. 1 ausgezeichnet. Albom, der früher als professioneller Musiker arbeitete, ist außerdem als Radiomoderator und TV-Journalist tätig. Mit seiner Frau Janine lebt er in Michigan.

Bei Goldmann außerdem lieferbar:

Morrie Schwartz: Weisheit des Lebens
(gebundene Ausgabe, 30934)

Mitch Albom

Dienstags bei Morrie

Die Lehre eines Lebens

Aus dem Amerikanischen
von Angelika Bardeleben

GOLDMANN

Die Originalausgabe erschien 1997
unter dem Titel »Tuesdays with Morrie«
bei Doubleday, New York.

Taschenbuchausgabe März 2002
Copyright © der Originalausgabe 1997
by Mitch Albom
Copyright © der deutschsprachigen Ausgabe 1998
by Wilhelm Goldmann Verlag, München,
in der Verlagsgruppe Random House GmbH
Umschlaggestaltung: Design Team München
Umschlagmotiv: Karl Rottmann
Druck: Elsnerdruck, Berlin
Verlagsnummer: 45175
JE · Herstellung: Sebastian Strohmaier
Made in Germany
ISBN 3-442-45175-4
www.goldmann-verlag.de

1 3 5 7 9 10 8 6 4 2

*Dieses Buch ist
meinem Bruder Peter gewidmet,
dem tapfersten Menschen, den ich kenne*

Inhalt

Danksagung

Ich möchte mich für die enorme Hilfe bedanken, die mir zuteil wurde, als ich dieses Buch schrieb. Für ihre Erinnerungen, ihre Geduld und ihre Anleitung möchte ich Charlotte, Rob und Jonathan Schwartz, Maurie Stein, Charlie Derber, Gordie Fellman, David Schwartz, Rabbi Al Axelrad und den vielen Kollegen und Freunden von Morrie danken. Einen ganz besonderen Dank auch an Bill Thomas, meinen Lektor, der dieses Projekt mit so viel Einfühlungsvermögen betreute. Und wie immer möchte ich David Black meine Anerkennung aussprechen, der häufig mehr an mich glaubt als ich selbst.

Vor allem Dank an Morrie, dafür, daß er diese letzte gemeinsame Arbeit mit mir zusammen leisten wollte. Hatten Sie jemals einen solchen Lehrer?

Der Lehrplan

Der letzte Kurs im Leben meines alten Professors fand einmal in der Woche in seinem Haus statt, neben einem Fenster im Arbeitszimmer, wo auf der Fensterbank ein kleiner Hibiskus seine rosafarbenen Blüten abwarf. Der Professor und sein Schüler trafen sich dienstags. Der Unterricht begann nach dem Frühstück. Das Thema war der Sinn des Lebens. Die Lektionen basierten auf Erfahrung.

Es gab keine Zeugnisse, aber jede Woche fanden mündliche Prüfungen statt. Es wurde erwartet, daß man auf Fragen antwortete, und ebenso, daß man selbst Fragen stellte. Zudem wurde verlangt, daß man gelegentlich bestimmte pflegerische Aufgaben übernahm, beispielsweise den Kopf des Professors auf einen bequemen Platz auf dem Kissen zu betten oder ihm die Brille auf den Nasenrücken zu setzen. Wenn man ihm zum Abschied einen Kuß gab, dann gab das zusätzliche Punkte.

Man brauchte keine Bücher zu lesen, aber es wurden viele Themen behandelt, einschließlich Liebe, Arbeit, Gemeinschaft, Altern, Verzeihen und am Ende der Tod. Der letzte Vortrag war kurz, nur ein paar Worte.

Statt der Abschlußfeier fand eine Beerdigung statt. Zwar gab es keine Abschlußprüfung, aber es wurde erwartet, daß man über das, was man gelernt hatte, ein langes Referat schrieb. Das Referat ist dieses Buch.

Im letzten Kurs im Leben meines alten Professors gab es nur einen Studenten.

Der Student war ich.

Es ist einer der letzten Frühlingstage des Jahres 1979, ein heißer, schwüler Samstagnachmittag. Hunderte von uns sitzen aufgereiht auf hölzernen Klappstühlen auf dem Rasen des Campus. Wir tragen blaue Nylonroben und lassen ungeduldig eine lange Rede nach der anderen über uns ergehen. Als die Feier zu Ende ist, werfen wir unsere Kappen in die Luft, denn jetzt haben wir offiziell unseren College-abschluß erreicht, wir, die oberste Klasse des Brandeis College in Waltham, Massachusetts. Für viele von uns ist erst in diesem Moment die Kindheit endgültig vorbei.

Hinterher gehe ich zu Morrie Schwartz, meinem Lieblingsprofessor, und stelle ihn meinen Eltern vor. Er ist ein kleiner Mann, der kleine Schritte macht, als könnte ihn ein starker Windstoß jederzeit zu den Wolken emportragen. In seiner Robe für den Tag der Abschluß-feier sieht er aus wie eine Kreuzung zwischen einem biblischen Propheten und einem Kobold. Er hat funkelnde blaugrüne Augen, sich lichtendes silbriges Haar, das ihm in die Stirn fällt, große Ohren, eine dreieckige Nase und dicke Büschel ergrauender Augenbrauen. Obwohl seine Zähne krumm sind und die unteren schräg nach hinten stehen, *als hätte sie ihm irgend jemand eingeschlagen — wenn er lächelt, ist es, als hättest du ihm gerade eben den ersten Witz auf Erden erzählt.*

Er erzählt meinen Eltern, wie ich in seinen Kursen abgeschnitten habe. Er sagt zu ihnen: »Ihr Junge ist etwas ganz Besonderes.« Verlegen schaue ich auf meine Füße. Bevor wir fortgehen, überreiche ich meinem Professor ein Geschenk, eine hellbraune Aktenmappe mit seinen Initialen auf der Vorderseite. Ich habe sie am Tag zuvor gekauft. Ich wollte ihn nicht vergessen. Vielleicht wollte ich nicht, daß er mich vergißt.

»Mitch, du bist ein feiner Kerl«, sagt er und bewundert die Aktenmappe. Dann umarmt er mich. Ich fühle seine dünnen Arme um meinen Rücken. Ich bin größer als er, und wenn er mich in den Armen hält, bin ich ein wenig verlegen, fühle mich älter, als wäre ich der Vater und er das Kind.

Er fragt, ob wir in Verbindung bleiben, und ohne Zögern sage ich: »Natürlich.«

Die Krankheit

Sein Todesurteil kam im Sommer 1994. Aber rückblickend hatte Morrie schon lange vorher gewußt, daß etwas Schlimmes auf ihn zukam. Er wußte es an dem Tag, an dem er das Tanzen aufgab.

Er war immer ein Tänzer gewesen, mein alter Professor. Was für Musik gespielt wurde, war unwichtig. Rock 'n' Roll, Big Band, Blues. Er liebte Musik, in jeder Form. Dann schloß er die Augen und begann, mit einem seligen Lächeln nach seinem eigenen Gefühl für Rhythmus zu tanzen. Es war nicht immer schön anzusehen. Aber schließlich brauchte er sich auch nicht den Kopf darüber zu zerbrechen, was seine Partnerin davon halten mochte. Morrie tanzte allein.

Er ging jeden Mittwochabend in diese Kirche auf dem Harvard Square, um an einem *»Dance Free«* teilzunehmen. Es gab da blitzende Lichter und aufdringliche Redner, und Morrie wanderte zwischen den Leuten, fast alles Studenten, umher. Er trug ein weißes T-Shirt, schwarze Trainingshosen und ein Handtuch um den Hals, und was auch immer gespielt wurde – das war die Musik, zu der er tanzte. Er tanzte den *Lindy* zu der Musik von Jimi Hendrix. Er twistete und wirbelte herum, er wedelte mit den Armen wie ein ekstatischer Dirigent, bis ihm der Schweiß den Rücken runtertropfte. Niemand dort wußte, daß er ein berühmter Doktor der Soziologie war, mit jahrelanger Erfahrung als Collegeprofessor und mehreren Büchern, die in der Fachwelt viel Beachtung fanden. Man hielt ihn einfach für einen komischen alten Kauz.

Einmal brachte er ein Tonband mit Tangomusik mit und überredete die Veranstalter, es über die Lautsprecher zu spielen. Da war er König der Tanzfläche, schoß vor und zurück wie einer jener heißen lateinamerikanischen Liebhaber. Als er zu Ende getanzt hatte, applaudierten alle. In dem Augenblick hätte er am liebsten die Zeit zum Stillstand gebracht.

Aber dann hörte das Tanzen auf.

Anfang Sechzig bekam er Asthma. Das Atmen machte ihm Mühe. Eines Tages ging er am Charles River entlang, es wehte ein kalter Wind, und plötzlich bekam er keine Luft mehr. Er wurde eilig ins Krankenhaus gebracht, und dort gab man ihm eine Adrenalinspritze.

Wenige Jahre später bekam er Schwierigkeiten beim Gehen. Auf einer Geburtstagsfeier für einen Freund stolperte er und fiel hin, ohne daß es eine Erklärung dafür gab. An einem anderen Abend fiel er die Stufen eines Theaters hinunter und versetzte eine kleine Menschengruppe in Schrecken.

»Gebt ihm Sauerstoff!« rief jemand.

Er war zu dieser Zeit Mitte Sechzig, deshalb flüsterte man: »Das Alter...« und half ihm auf die Füße. Aber Morrie, der zu seinem Körper immer besseren Kontakt hatte als wir anderen, wußte, daß etwas anderes nicht in Ordnung war. Dies war mehr als nur das Alter. Er war die ganze Zeit müde. Er hatte Schwierigkeiten zu schlafen. Er träumte, er würde sterben.

Er begann, Ärzte aufzusuchen. Viele Ärzte. Sie testeten sein Blut. Sie testeten seinen Urin. Sie schoben ein Mikroskop in seinen After und sahen sich seine Gedärme von innen an.

Schließlich, als man nichts finden konnte, ließ der Arzt eine Muskelbiopsie machen und entnahm Morries Wade ein kleines Stück Fleisch. In dem Laborbericht hieß es, daß es sich um ein neurologisches Problem handeln könnte, und Morrie ging für eine weitere Serie von Tests ins Krankenhaus. Bei einem jener Tests saß er auf einem Spezialstuhl, während man ihm kleine elektrische Stromschläge verpaßte – eine Art elektrischer Stuhl also – und seine neurologischen Reaktionen beobachtete.

»Wir müssen das noch genauer überprüfen«, sagten die Ärzte, als sie sich seine Ergebnisse anschauten.

»Warum?« fragte Morrie. »Was ist los?«

»Wir sind nicht sicher. Ihre Zeiten sind langsam.«

Seine Zeiten waren langsam? Was bedeutete das?

Schließlich, an einem heißen, feuchten Tag im August 1994, gingen Morrie und seine Frau Charlotte ins Sprechzimmer des Neurologen, und er bat sie, sich zu setzen, bevor er ihnen die Mitteilung machte: Morrie hatte amyotrophische Lateralsklerose (ALS), eine brutale, unbarmherzige Krankheit des Nervensystems, in den USA auch »Lou-Gehrig-Krankheit« genannt.*

Es gab, soweit bekannt, kein Heilmittel dagegen.

»Wie hab' ich das bekommen?« fragte Morrie.

Niemand wußte es.

»Ist es tödlich?«

»Ja.«

»Also werde ich sterben?«

»Ja, das werden Sie«, sagte der Arzt. »Es tut mir sehr leid.«

Er saß fast zwei Stunden lang mit Morrie und Charlotte zusammen und beantwortete geduldig ihre Fragen. Als sie gingen, gab der Arzt ihnen einige Informationen über ALS mit auf den Weg, kleine Broschüren, als wollten sie ein Bankkonto eröffnen. Draußen schien die Sonne, und die Leute gingen ihren Geschäften nach. Eine Frau steckte hektisch Münzen in die Parkuhr. Eine andere schleppte Tüten mit Lebensmitteln. Eine Million Gedanken gingen Charlotte durch den Kopf: *Wieviel Zeit haben wir noch? Wie werden wir damit fertig werden? Wie werden wir die Rechnungen bezahlen?*

Auf einmal sah mein alter Professor die Normalität des Tages um sich herum mit anderen Augen. Er war verblüfft.

* Lou Gehrig war ein bekannter Baseballspieler in den USA.

Sollte die Welt nicht anhalten? Wissen sie nicht, was mir passiert ist?

Aber die Welt hielt nicht an, sie nahm überhaupt nicht zur Kenntnis, was geschehen war, und als Morrie kraftlos die Tür des Wagens aufzog, fühlte er sich, als fiele er in ein Loch.

Und nun? dachte er.

Während Morrie nach Antworten suchte, ergriff die Krankheit Tag für Tag, Woche für Woche immer mehr Besitz von ihm. Eines Morgens fuhr er den Wagen rückwärts aus der Garage und schaffte es kaum, auf die Bremse zu treten. Das war das Ende seines Autofahrens.

Immer wieder stolperte er, deshalb kaufte er einen Stock. Das war das Ende seines freien und aufrechten Ganges.

Als er einmal beim YMCA seine übliche Runde schwimmen gehen wollte, entdeckte er, daß er sich nicht mehr alleine ausziehen konnte. Deshalb stellte er seinen ersten Betreuer ein – einen Theologiestudenten namens Tony –, der ihm half, ins Schwimmbecken rein- und wieder rauszukommen, und ebenso in seine Badehose und wieder heraus. Im Umkleideraum taten die anderen Schwimmer so, als würden sie ihn nicht anstarren. Aber sie taten es trotzdem. Das war das Ende seiner Privatsphäre.

Im Herbst 1994 betrat Morrie den hügeligen Campus des Brandeis College, um sein letztes Seminar zu halten. Er hätte es natürlich auch ausfallen lassen können. Die Universität hätte volles Verständnis gehabt. Warum sollte er vor so vielen Leuten leiden? Bleiben Sie zu Hause. Bringen Sie Ihre Angelegenheiten in Ordnung. Aber der Gedanke aufzugeben kam Morrie nicht.

Statt dessen humpelte er ins Klassenzimmer, das mehr als vierzig Jahre lang sein Zuhause gewesen war. Wegen des Stocks dauerte es eine Weile, bis er seinen Stuhl erreichte. Schließlich setzte er sich, zog sich die Brille von der Nase und schaute in die jungen Gesichter, die schweigend zurückstarrten.

»Meine Freunde, ich vermute, Sie sind alle wegen des Seminars in Sozialpsychologie gekommen. Ich habe dieses Seminar zwanzig Jahre lang gehalten, und dies ist das erste Mal, daß ich sagen kann, es ist überhaupt kein Risiko, es zu belegen, da ich an einer tödlichen Krankheit leide. Möglicherweise werde ich nicht lange genug leben, um bis zum Ende des Semesters zu unterrichten.

Wenn Sie das Gefühl haben, dies sei ein Problem, dann habe ich volles Verständnis, wenn Sie das Seminar streichen.«

Er lächelte.

Und das war das Ende seines Geheimnisses.

ALS ist wie eine brennende Kerze: Sie schmilzt die Nerven weg und läßt den Körper als einen Haufen Wachs zurück. Häufig beginnt die Krankheit an den Beinen und breitet sich dann nach oben aus. Man verliert die Kontrolle über die Oberschenkelmuskeln, so daß man sich nicht länger aufrecht halten kann. Man verliert die Kontrolle über die Rumpfmuskeln, so daß man nicht mehr gerade sitzen kann. Am Ende atmet man durch eine Röhre in einem Loch im Hals, während die Seele, hellwach, in einer schlaffen Hülle gefangen ist. Vielleicht ist man fähig zu blinzeln oder mit der Zunge zu schnalzen, wie ein Wesen aus einem Science-fiction-Film, der Mann, der in seinem eigenen Fleisch erfroren ist. Dies dauert nicht länger als fünf Jahre, von dem Tag an, an dem man die Krankheit bekommt.

Morries Ärzte vermuteten, daß er noch zwei Jahre zu leben hätte.

Morrie wußte, daß es weniger war.

Aber mein alter Professor hatte eine tiefgreifende Entscheidung getroffen, eine, die er von dem Tag an, an dem er mit einem Schwert über dem Kopf aus dem Sprechzimmer des Arztes kam, umzusetzen begann. *Werde ich jetzt nach und nach verwelken und verschwinden, oder werde ich das Beste aus der Zeit machen, die mir verbleibt?* hatte er sich gefragt.

Er würde nicht verwelken. Er würde sich nicht schämen zu sterben.

Statt dessen war er entschlossen, den Tod zu seinem letzten Projekt zu machen, zum zentralen Aspekt der Zeit, die ihm verblieb. Da jeder einmal sterben würde, könnte er anderen von großem Nutzen sein, nicht wahr? Er könnte sich zu Forschungszwecken zur Verfügung stellen. Ein menschliches Lehrbuch. *Studier mich, wie ich langsam und geduldig sterbe. Beobachte, was mit mir geschieht. Lern mit mir.*

Morrie würde jene endgültige Brücke zwischen Leben und Tod überqueren und darüber Bericht erstatten.

Das Herbstsemester verstrich rasch. Die Pillendosis stieg. Die Therapie wurde zur Routine. Krankenschwestern kamen in sein Haus, um mit Morries schwächer werdenden Beinen zu arbeiten, um die Muskeln aktiv zu halten, sie bogen die Beine vor und zurück, als pumpten sie Wasser aus einem Brunnen. Masseure kamen einmal in der Woche vorbei und versuchten, die ständige schwere Steifheit, die er empfand, zu lindern. Er traf Meditationslehrer und schloß seine Augen und kanalisierte seine Gedanken, bis die Welt auf sein eigenes Atmen zusammenschrumpfte, ein und aus, ein und aus.

Eines Tages, als er schon seinen Gehstock benutzte, trat er auf den Bordstein und fiel auf die Straße. Der Stock wurde gegen einen Laufstuhl eingetauscht. Als sein Körper immer schwächer wurde, wurde das Hin und Her zum Badezimmer zu anstrengend, deshalb begann Morrie, in ein großes Becherglas zu urinieren. Dabei mußte er sich stützen, was bedeutete, daß jemand das Becherglas halten mußte, während Morrie es füllte.

Die meisten von uns würden all dies als peinlich empfinden, vor allem in Morries Alter. Aber Morrie war nicht wie die meisten von uns. Wenn einer von den Kollegen, die er näher kannte, ihn besuchte, dann sagte er einfach zu ihm: »Hör mal, ich muß pinkeln. Würde es dir was ausmachen, mir zu helfen? Ist das in Ordnung für dich?«

Häufig war es für den Betreffenden zu seiner eigenen Überraschung tatsächlich in Ordnung.

Tatsächlich wuchs die Zahl seiner Besucher stetig. Er leitete Diskussionsrunden über das Sterben. Darüber, was es wirklich bedeutete und daß die Menschen immer Angst davor gehabt hatten, ohne es zu verstehen. Er sagte seinen Freunden, wenn sie ihm wirklich helfen wollten, dann würden sie ihn nicht bemitleiden, sondern ihn besuchen, anrufen, ihm von ihren Problemen erzählen – so, wie sie ihm immer von ihren Problemen erzählt hatten, weil Morrie immer ein wunderbarer Zuhörer gewesen war.

Denn trotz allem, was mit ihm passierte, war seine Stimme stark und einladend, und er sprudelte über von Gedanken. Es ging ihm darum zu beweisen, daß das Wort »sterben« nicht ein Synonym für »nutzlos« war. Das neue Jahr begann. Zwar sagte er es niemandem, aber Morrie wußte, daß dies das letzte Jahr seines Lebens sein würde. Er saß mittlerweile in einem Rollstuhl, und er kämpfte gegen die Zeit, weil es noch so viele Dinge gab, die er all den Menschen, die er liebte, sagen wollte. Als ein Kollege am Brandeis College plötzlich an einem Herzanfall starb, ging Morrie zu seiner Beerdigung. Er kehrte deprimiert nach Hause zurück.

»Was für eine Verschwendung«, sagte er. »All diese Leute, die all diese wunderbaren Dinge sagen, und Irv hat nichts davon hören können.«

Morrie hatte eine bessere Idee. Er rief ein paar Leute an und setzte einen Termin fest. So fand sich an einem kalten Sonntagnachmittag bei ihm zu Hause eine kleine Gruppe von Freunden und Familienmitgliedern ein, um eine »lebendige Beerdigung« zu feiern. Jeder von ihnen hielt eine kleine

Rede, sprach ein paar Worte der Anerkennung über meinen alten Professor. Einige weinten. Einige lachten. Eine Frau las ein Gedicht vor:

> *»Mein lieber und liebevoller Cousin . . .*
> *dein altersloses Herz,*
> *wie du die Zeit hinter dir läßt,*
> *Schicht um Schicht,*
> *zarter Mammutbaum . . .«*

Morrie weinte und lachte mit ihnen. Und all jene tiefen Gefühle, die wir denen gegenüber, die wir lieben, niemals äußern, brachte Morrie an jenem Tag zum Ausdruck. Seine »lebendige Beerdigung« war ein gewaltiger Erfolg.

Nur, daß Morrie noch nicht tot war.

Tatsächlich stand ihm der ungewöhnlichste Abschnitt seines Lebens noch bevor.

Der Student

An dieser Stelle sollte ich erklären, was seit jenem Sommertag, als ich meinen verehrten und weisen Professor umarmt und ihm versprochen hatte, mit ihm in Kontakt zu bleiben, bei mir passiert war.

Ich blieb nicht mit ihm in Kontakt.

Tatsächlich verlor ich den Kontakt zu den meisten Leuten, die ich im College gekannt hatte, einschließlich meiner damaligen Freunde und der ersten Frau, mit der ich jemals am Morgen gemeinsam aufgewacht war. Die Jahre nach meiner Abschlußfeier machten mich härter, verwandelten mich in jemanden, der ganz anders war als der großspurige Collegeabgänger, der auf dem Weg nach New York City war, bereit, der Welt sein Talent zu Füßen zu legen.

Die Welt, so entdeckte ich, war kein bißchen interessiert. Mit Anfang Zwanzig lief ich verwirrt durch die Gegend, zahlte meine Miete und las Kleinanzeigen und fragte mich, warum die Ampeln für mich nicht grün wurden. Mein Traum war, ein berühmter Musiker zu werden (ich spielte Klavier), aber nach mehreren Jahren der dunklen, leeren Nachtclubs, der gebrochenen Versprechen, der Bands, die immer wieder auseinanderfielen, und der Produzenten, die von jedem, außer von mir, begeistert zu sein schienen, wurde der Traum schal. Zum ersten Mal in meinem Leben scheiterte ich.

Zugleich hatte ich meine erste ernste Begegnung mit dem Tod. Mein Lieblingsonkel, der Bruder meiner Mutter, der Mann, der mich Musik gelehrt und mir das Autofahren beigebracht hatte, der mich wegen der Mädchen geneckt und mit mir Fußball gespielt hatte, der Erwachsene, den ich mir als Kind zum Vorbild nahm und von dem ich sagte: »So wie er möchte ich auch sein, wenn ich groß bin«, starb mit vierundvierzig an Krebs. Er war ein kleiner, gutaussehender Mann mit einem dicken Schnauzbart, und ich war im letzten Jahr seines Lebens in seiner Nähe, da ich direkt unter ihm wohnte. Ich sah, wie sein starker Körper welkte, sich dann aufblähte, sah, wie er litt, Abend für Abend, sich am Eßtisch krümmte, die Hände auf den Magen gepreßt, die Augen geschlossen, den Mund von Schmerz verzerrt. »Ahhh, Gott«, stöhnte er dann. »Ahhh, Jesus!« Wir anderen – meine Tante, seine beiden jungen Söhne, ich – standen dabei, schweigend, räumten die Teller weg, wandten die Augen ab.

So hilflos hatte ich mich in meinem ganzen Leben noch nicht gefühlt.

An einem Abend im Mai saßen mein Onkel und ich auf dem Balkon seiner Wohnung. Es war warm und ein wenig windig. Er schaute auf den Horizont und sagte durch zusammengebissene Zähne, daß er nicht dasein würde, um seine Kinder ins nächste Schuljahr zu begleiten. Er fragte, ob ich auf sie aufpassen würde. Ich entgegnete ihm, er solle nicht so reden. Er starrte mich traurig an.

Ein paar Wochen später starb er.

Nach der Beerdigung veränderte sich mein Leben. Plötzlich erschien mir die Zeit unendlich kostbar, wie Wasser, das durch einen offenen Abfluß wegströmte, und ich konnte mich nicht rasch genug bewegen. Schluß mit dem Musizieren in halbleeren Nachtclubs. Schluß mit dem Komponieren von Songs in meinem Apartment, Songs, die niemals jemand hören würde. Ich ging noch einmal zur Schule, erwarb einen M.A. in Journalismus und nahm den ersten Job an, der mir angeboten wurde. Ich wurde Sportjournalist. Anstatt meinem eigenen Ruhm nachzujagen, schrieb ich über berühmte Sportler, die ihrem Ruhm nachjagten. Ich arbeitete für Zeitungen und schrieb als freier Mitarbeiter Beiträge für Zeitschriften. Ich arbeitete mit einer Geschwindigkeit, bei der ich Zeit und Grenzen vergaß. Ich wachte am Morgen auf, putzte mir die Zähne und setzte mich in derselben Kleidung, in der ich geschlafen hatte, an die Schreibmaschine. Mein Onkel hatte für eine große Firma gearbeitet und seine Arbeit gehaßt – jeden Tag dasselbe –, und ich war entschlossen, niemals so zu enden wie er.

Ich reiste ständig zwischen New York und Florida hin und her und nahm schließlich einen Job in Detroit an, als Kolumnist für die *Detroit Free Press*. Der Hunger nach Sportnachrichten in jener Stadt war unersättlich – es gab dort professionelle Football-, Basketball-, Baseball- und Hockeyteams –, und er entsprach meinem Ehrgeiz. Nach einigen Jahren verfaßte ich nicht nur Kolumnen, ich schrieb Sportbücher, machte Radiosendungen und erschien regelmäßig im Fernsehen, wo ich meine Meinung über reiche Footballspieler und verlogene College-Sportprogramme zum besten gab. Ich war Teil des Medienunwetters, das auf unser Land herabgeht. Ich war gefragt.

Ich hörte auf, Mieter zu sein und begann zu kaufen. Ich kaufte ein Haus auf einem Hügel. Ich kaufte Autos. Ich investierte in Aktien und eröffnete ein Depot. Ich fuhr ständig im fünften Gang, und alles, was ich tat, tat ich im Hinblick auf einen Schlußtermin. Ich trieb Sport wie ein Teufel. Ich fuhr meinen Wagen mit halsbrecherischer Geschwindigkeit. Ich verdiente mehr Geld, als ich mir je hätte träumen lassen. Ich begegnete einer dunkelhaarigen Frau namens Janine, die mich irgendwie liebte, trotz meines hektischen Zeitplans und meiner ständigen Abwesenheit. Wir heirateten, nachdem wir sieben Jahre lang eine feste Beziehung gehabt hatten. Eine Woche nach der Hochzeit war ich wieder an meinem Arbeitsplatz. Ich sagte ihr – und mir selbst –, daß wir eines Tages eine Familie gründen würden, etwas, was sie sich sehr wünschte. Aber jener Tag kam nie.

Statt dessen bemühte ich mich, immer mehr zu leisten, da ich glaubte, durch Leistung das Leben kontrollieren zu können. Das bißchen Glück würde ich immer noch dazwischenpressen können, bevor ich krank wurde und starb, so wie mein Onkel vor mir.

Und was war mit Morrie? Tja, hin und wieder dachte ich noch an ihn, daran, was er mich darüber gelehrt hatte, »menschlich zu sein« und »mit anderen tiefe Beziehungen aufzubauen«, aber das war immer etwas am Rande, als käme es aus einem anderen Leben. Nach einigen Jahren warf ich die Post, die vom Brandeis College kam, einfach weg, da ich vermutete, daß die Absender nur Geld haben wollten. Deshalb wußte ich nichts von Morries Krankheit. Die Leute, die mich darüber hätten informieren können, waren seit langem vergessen, ihre Telefonnummern in einem Kasten auf dem Dachboden vergraben.

Es wäre vielleicht für immer so geblieben, hätte ich nicht irgendwann einmal spät in der Nacht durch die Fernsehkanäle gezappt, als ich auf eine Nachricht aufmerksam wurde...

Die Fernsehaufnahmen I

Im März 1995 fuhr neben dem schneebedeckten Bordstein vor Morries Haus in West Newton, Massachusetts, eine Limousine vor. Darin saß Ted Koppel, der Moderator der Sendung *»Nightline«* im ABC-TV.

Morrie saß jetzt den ganzen Tag über in einem Rollstuhl und gewöhnte sich allmählich daran, daß ihn Helfer wie einen schweren Sack vom Stuhl ins Bett hoben und aus dem Bett zum Stuhl. Er hatte begonnen, beim Essen zu husten, und das Kauen machte ihm Mühe. Seine Beine waren tot; er würde nie wieder gehen.

Dennoch weigerte er sich, deprimiert zu sein. Statt dessen hatte er jede Menge Ideen. Er schrieb seine Gedanken auf Notizblöcke, Umschläge, Broschüren, Papierfetzen. Er schrieb Aphorismen über das Leben im Schatten des Todes: »Akzeptiere, daß es Dinge gibt, die du zu tun vermagst, und Dinge, zu denen du nicht fähig bist.« »Akzeptiere die Vergangenheit als Vergangenheit, ohne sie zu verleugnen oder beiseite zu schieben.« »Lerne es, dir selbst zu vergeben und anderen zu vergeben.« »Geh nicht davon aus, daß es zu spät ist, um sich für etwas zu engagieren.«

Nach einer Weile hatte er mehr als fünfzig dieser Aphorismen gesammelt, die er seinen Freunden zeigte. Ein Freund, ein Kollege vom Brandeis College namens Maurie Stein, war von den Sätzen so beeindruckt, daß er sie einem Reporter des *Boston Globe* schickte, der zu Morrie fuhr und ein langes Feature über ihn schrieb. Die Überschrift lautete:

DER LETZTE KURS EINES PROFESSORS: SEIN EIGENER TOD

Der Artikel fiel einem Produzenten der *»Nightline«*-Show auf, der ihn Koppel in Washington, D. C., zeigte.

»Schau dir das an«, sagte der Produzent.

Und als nächstes tauchten dann Kameramänner in Morries Wohnzimmer auf, und Koppels Limousine stand vor dem Haus.

Mehrere von Morries Freunden und Familienmitgliedern hatten sich versammelt, um Koppel kennenzulernen, und als der berühmte Mann das Haus betrat, platzten sie fast vor Aufregung – alle außer Morrie, der in seinem Rollstuhl heranfuhr, die Augenbrauen hob und den Tumult mit seiner hohen Singsangstimme unterbrach.

»Ted, ich muß Ihnen erst mal auf den Zahn fühlen, bevor ich zustimme, dieses Interview zu geben.«

Es folgte ein Moment betretenes Schweigen, dann wurden die beiden Männer in das Arbeitszimmer gebracht.

»Mann«, flüsterte ein Freund, der davor stand. »Ich hoffe, Ted geht mit Morrie behutsam um.«

»Ich hoffe, Morrie geht mit *Ted* behutsam um«, sagte ein anderer.

In seinem Büro angelangt, bedeutete Morrie Koppel, sich zu setzen. Er verschränkte die Hände in seinem Schoß und lächelte.

»Erzählen Sie mir etwas, was Ihnen am Herzen liegt«, begann Morrie.

»Am Herzen?«

Koppel sah den alten Mann forschend an. »In Ordnung«, sagte er vorsichtig, und dann sprach er über seine Kinder. Sie waren etwas, das ihm am Herzen lag, nicht wahr?

»Gut«, sagte Morrie. »Jetzt erzählen Sie mir etwas über Ihren Glauben.«

Koppel wurde es unbehaglich. »Gewöhnlich rede ich mit Leuten, die ich erst seit ein paar Minuten kenne, nicht über solche Dinge.«

»Ted, ich sterbe«, sagte Morrie und schaute ihn über den Rand seiner Brille hinweg an. »Ich habe hier nicht mehr sehr viel Zeit.«

Koppel lachte. Na gut. Glauben. Er zitierte ein paar Sätze von Marc Aurel, etwas, was ihm wichtig war.

Morrie nickte.

»Jetzt erlauben Sie mir, daß ich *Sie* etwas frage«, sagte Koppel. »Haben Sie jemals mein Programm gesehen?«

Morrie zuckte mit den Achseln. »Zweimal, glaube ich.«

»Zweimal? Das ist alles?«

»Machen Sie sich nichts draus. Ich habe auch ›Oprah‹ nur einmal gesehen.«

»Tja, und die beiden Male, als Sie meine Show gesehen haben – was hielten Sie davon?«

Morrie zögerte. »Soll ich es ehrlich sagen?«

»Ja?«

»Ich dachte, Sie sind ein Narzißt.«

Koppel brach in lautes Lachen aus.

»Ich bin zu häßlich, um ein Narzißt zu sein«, sagte er.

Wenig später rollten die Kameras vor den Kamin im Wohnzimmer, dort saß Koppel in seinem makellosen blauen Anzug und Morrie in seinem schäbigen grauen Pullover. Er hatte sich geweigert, für dieses Interview elegante Kleidung zu tragen oder sich schminken zu lassen. Seine Philosophie lautete, daß der Tod niemandem peinlich sein sollte; er war nicht bereit, dessen Nase zu pudern.

Da Morrie im Rollstuhl saß, erfaßte die Kamera nicht seine verkümmerten Beine. Und da er noch immer fähig war, seine Hände zu bewegen – Morrie hatte immer mit beiden Händen geredet –, vermittelte er eine große Leidenschaftlichkeit, als er erklärte, wie man sich mit dem Ende des Lebens auseinandersetzt.

»Ted«, sagte er, »als all dies begann, fragte ich mich: ›Werde ich mich vom Leben zurückziehen, so wie die meisten Leute, oder werde ich leben?‹ Ich beschloß, daß ich leben würde – oder zumindest versuchen würde zu leben –, und zwar so, wie ich es möchte: mit Würde, mit Mut, mit Humor, mit Gelassenheit.

Manchmal passiert es, daß ich am Morgen hemmungslos weine und mein Schicksal betrauere. Manchmal bin ich morgens schrecklich wütend und bitter. Aber es dauert nicht allzu lange. Dann stehe ich auf und sage: ›Ich möchte leben ...‹

Bisher war ich fähig, es zu tun. Werde ich es auch weiterhin können? Ich weiß es nicht. Aber ich habe mit mir selbst eine Wette abgeschlossen, daß das der Fall sein wird.«

Koppel schien von Morrie außerordentlich beeindruckt zu sein. Er fragte, was es mit der Demut auf sich habe, die der Tod uns lehrt.

»Tja, Fred«, sagte Morrie beiläufig und korrigierte sich dann rasch. »Ich meine Ted ...«

»Tja, *das* ist jedenfalls etwas, wodurch man Demut lernt«, sagte Koppel lachend.

Die beiden Männer sprachen über das Leben nach dem Tod. Sie sprachen über Morries zunehmende Abhängigkeit von anderen Menschen. Er brauchte bereits Hilfe beim Essen und beim Sitzen und wenn er sich von einer Stelle zur anderen bewegte. Was, fragte Koppel, machte Morrie im Hinblick auf seinen langsamen, schleichenden Verfall am meisten Angst?

Morrie zögerte. Er fragte, ob er diese bestimmte Sache im Fernsehen sagen könne.

Koppel sagte: »Nur zu.«

Morrie sah dem berühmtesten Interviewer Amerikas in die Augen. »Tja, Ted, eines Tages, in naher Zukunft, wird mir jemand den Hintern abwischen müssen.«

Die Sendung wurde am Freitagabend ausgestrahlt. Sie begann mit Ted Koppel, der hinter seinem Schreibtisch in Washington saß. Seine Stimme drückte Autorität aus.

»Wer ist Morrie Schwartz«, begann er, »und warum werden am Ende des Abends so viele von Ihnen ihn mögen?«

Eintausend Meilen entfernt in meinem Haus auf dem Hügel zappte ich von einem Fernsehkanal zum anderen. Ich hörte diese Worte aus dem Fernsehapparat – »Wer ist Morrie Schwartz?« – und erstarrte.

———

Es ist unser erster gemeinsamer Kurs, im Frühling des Jahres 1976. Ich betrete Morries großes Büro und sehe die unzähligen Bücher, die sich, Regal für Regal, an der Wand aneinanderreihen. Bücher über Soziologie, Philosophie, Religion, Psychologie. Auf dem Hartholzfußboden liegt ein großer Teppich, und ein Fenster gibt den Blick auf die Promenade des Campus frei. Es sind nur etwa ein Dutzend Studenten dort, sie halten Hefte und Vorlesungsverzeichnisse in den Händen. Die meisten von ihnen tragen Jeans und Sandalen und karierte Flanellhemden. Ich sage mir, daß es nicht leicht sein wird, einen Kurs, in dem nur so wenige Studenten sind, zu schwänzen. Vielleicht sollte ich ihn doch nicht belegen.

»Mitchell?« sagt Morrie, der die Anwesenheitsliste verliest.

Ich hebe eine Hand.

»Ziehen Sie Mitch vor? Oder ist Mitchell besser?«

Diese Frage ist mir noch nie von einem Lehrer gestellt worden. Ich schaue diesen Kerl mit seinem gelben Rollkragenpullover, seinen grünen Cordhosen und dem silbrigen Haar, das ihm in die Stirn fällt, prüfend an. Er lächelt.

»Mitch«, sage ich. »So nennen mich meine Freunde.«

»Gut, dann also Mitch«, sagt Morrie, als hätte er ein Geschäft abgeschlossen. »Und Mitch?«

»Ja?«

»Ich hoffe, daß Sie mich eines Tages als Ihren Freund betrachten werden.«

Das Einführungsgespräch

Als ich mit dem Wagen in Morries Straße in West Newton, einem ruhigen Vorort von Boston, einbog, hatte ich einen Becher Kaffee in einer Hand, und ein Handy klemmte zwischen meinem Ohr und meiner Schulter. Ich redete mit einem Fernsehproduzenten über einen Film, den wir gerade drehten. Meine Blicke sprangen von der Digitaluhr – mein Rückflug war in wenigen Stunden – zu den Briefkastennummern auf der von Bäumen gesäumten ruhigen Straße. Im Autoradio lief der Nachrichtensender. Dies war meine Art, die Dinge anzugehen – fünf Sachen zugleich.

»Spul das Band zurück«, sagte ich zu dem Produzenten. »Laß mich die Stelle noch mal hören.«

»Okay«, sagte er. »Es dauert eine Sekunde.«

Plötzlich war ich auf der Höhe von Morries Haus. Ich stieg auf die Bremse, wobei ich Kaffee auf meinen Schoß verschüttete. Als der Wagen anhielt, erblickte ich einen großen japanischen Ahorn und drei Personen, die in der Nähe des Baumes in der Zufahrt saßen: ein junger Mann und eine Frau

mittleren Alters, die einen kleinen alten Mann in einem Rollstuhl flankierten.

Morrie.

Beim Anblick meines alten Professors erstarrte ich.

»Hallo?« sagte der Produzent in mein Ohr hinein. »Sind
Sie noch da?«

Ich hatte ihn seit sechzehn Jahren nicht gesehen. Sein Haar
war dünner, fast weiß, und sein Gesicht war hager. Plötzlich
hatte ich das Gefühl, auf dieses Wiedersehen nicht vorbereitet zu sein – außerdem hing ich am Telefon –, und hoffte, daß
er meine Ankunft nicht bemerkt hatte, so daß ich noch mal
um den Block fahren, mein Gespräch zu Ende führen und
mich mental vorbereiten konnte. Aber Morrie, diese neue,
verhutzelte Version eines Mannes, den ich einst so gut gekannt hatte, lächelte, die Hände im Schoß gefaltet, in Richtung des Autos und wartete darauf, daß ich herauskam.

»Hallo?« sagte der Produzent noch einmal. »Sind Sie da?«

Allein aus Dankbarkeit für all die Zeit, die wir zusammen
verbracht hatten, für all die Freundlichkeit und Geduld, die
Morrie mir früher entgegengebracht hatte, hätte ich das
Telefon fallen lassen, aus dem Wagen springen, auf ihn zulau-
fen, ihn umarmen und zur Begrüßung küssen sollen.

Statt dessen würgte ich den Motor ab und ließ mich vom
Sitz gleiten, als suchte ich nach etwas.

»Ja, ja, ich bin hier«, flüsterte ich und setzte mein Gespräch mit dem Fernsehproduzenten fort, bis wir die Frage
geregelt hatten.

Ich tat, was ich mittlerweile am besten konnte: Ich kümmerte mich um meine Arbeit, selbst als mein sterbender Professor auf dem Rasen in seinem Vorgarten auf mich wartete. Ich bin nicht stolz darauf, aber genau das war es, was ich tat.

Fünf Minuten später umarmte mich Morrie, wobei sein schütter werdendes Haar meine Wange streifte. Ich sagte, ich hätte nach meinen Schlüsseln gesucht, das habe mich so lange im Wagen aufgehalten, und ich drückte ihn noch fester, als könnte ich meine kleine Lüge dadurch zermalmen. Obwohl die Frühlingssonne warm vom Himmel schien, trug er eine Windjacke, und seine Beine waren von einer Wolldecke bedeckt. Er roch schwach sauer, so wie es bei Menschen, die Medikamente nehmen, manchmal der Fall ist. Da er sein Gesicht so nahe an meines drückte, konnte ich sein mühsames Atmen in meinem Ohr hören.

»Mein alter Freund«, flüsterte er, »endlich bist du zurückgekommen.«

Er schaukelte an meinem Oberkörper vor und zurück, ließ mich nicht los, mit den Händen nach meinen Ellenbogen greifend, als ich mich über ihn beugte. Ich war überrascht über so viel Zuneigung nach all diesen Jahren. Hinter den Mauern, die ich zwischen meiner Gegenwart und meiner Vergangenheit errichtet hatte, hatte ich vergessen, wie nahe wir einander einmal gewesen waren. Ich erinnerte mich an den Tag der Abschlußfeier, die Aktenmappe, seine Tränen über mein Fortgehen, und ich schluckte, weil ich in der Tiefe meiner Seele wußte, daß ich nicht länger der gute, vielversprechende Student war, den er in Erinnerung hatte.

Ich hoffte nur, daß ich ihn während der nächsten paar Stunden täuschen konnte.

Im Haus setzten wir uns an einen Eßtisch aus Walnußholz, in der Nähe eines Fensters, das den Blick auf das Haus des Nachbarn freigab. Morrie fummelte an seinem Rollstuhl herum, versuchte, es sich bequem zu machen. So wie immer wollte er mich zum Essen einladen, und ich sagte ja, einverstanden. Eine der Helferinnen, eine stämmige Italienerin namens Connie, schnitt Brot und Tomaten auf und brachte Behälter mit Hühnersalat und anderen Leckereien.

Sie brachte auch ein paar Pillen. Morrie betrachtete sie und seufzte. Seine Augen lagen tiefer in ihren Höhlen, als ich es in Erinnerung hatte, und seine Wangenknochen traten deutlicher hervor. Dies gab ihm ein strengeres, älteres Aussehen – bis er lächelte und die Hängebacken sich wie Vorhänge hoben.

»Mitch«, sagte er leise, »du weißt, daß ich sterbe.«

Ich wußte es.

»Dann ist es ja gut.« Morrie schluckte die Pillen, setzte den Pappbecher ab, atmete tief ein und ließ seinen Atem dann ausströmen. »Soll ich dir sagen, wie es sich anfühlt?«

»Wie sich was anfühlt? Zu sterben?«

»Ja«, sagte er.

Ich war mir dessen zwar nicht bewußt, aber genau in diesem Moment hatte unser letzter Kurs begonnen.

Es ist mein erstes Jahr am College. Morrie ist älter als die meisten der Professoren, und ich bin jünger als die meisten der Studenten, da ich ein Jahr früher als üblich meinen High-School-Abschluß gemacht habe. Um mein jugendliches Alter zu kompensieren, trage ich alte graue Sweatshirts, boxe in einer lokalen Turnhalle und laufe mit einer unangezündeten Zigarette im Mund herum, obwohl ich nicht rauche. Ich fahre einen zerbeulten Mercury Cougar mit heruntergedrehten Fenstern und aufgedrehter Musik. Ich suche meine Identität in Härte und Zähigkeit — aber es ist Morries Sanftheit, die mich anzieht, und da er mich nicht als kleinen Jungen betrachtet, der versucht, mehr zu sein als er ist, entspanne ich mich.

Ich besuche jenen ersten Kurs bei ihm bis zum Ende und schreibe mich für einen weiteren ein. Es ist leicht, bei ihm eine gute Beurteilung zu bekommen; Noten sind ihm nicht wichtig. In einem Jahr, so erzählt man sich, während des Vietnamkrieges, gab Morrie all seinen männlichen Studenten ein A, um ihnen zu helfen, eine Zurückstellung vom Wehrdienst zu erreichen.

Ich beginne, Morrie »Coach« zu nennen, so, wie ich immer

meinen Trainer an der High-School angeredet habe. Morrie gefällt das.

»Coach«, sagt er. »In Ordnung, ich werde dein Coach sein. Und du kannst mein Spieler sein. Du kannst alle die hübschen Rollen des Lebens spielen, für die ich jetzt zu alt bin.«

Manchmal essen wir zusammen in der Cafeteria. Morrie benimmt sich zu meinem Vergnügen sogar noch unmöglicher als ich. Er spricht, anstatt zu kauen, lacht mit offenem Mund, formuliert einen leidenschaftlichen Gedanken mit einem Mund voller Eiersalat, wobei die kleinen gelben Stücke von seinen Zähnen spritzen.

Er macht mich wahnsinnig. In der ganzen Zeit, die ich ihn kenne, habe ich zwei überwältigende Bedürfnisse: ihn zu umarmen und ihm eine Serviette zu geben.

Das Klassenzimmer

Die Sonne schien durchs Eßzimmerfenster herein und ließ den Hartholzfußboden hell aufleuchten. Wir hatten dort fast zwei Stunden lang miteinander geredet. Das Telefon klingelte schon wieder, und Morrie bat seine Hilfskraft, Connie, es abzunehmen. Sie hatte die Namen der Anrufer in Morries kleinen schwarzen Terminkalender eingetragen. Freunde. Meditationslehrer. Eine Diskussionsgruppe. Jemand, der ihn für eine Zeitschrift fotografieren wollte. Es war klar, daß ich nicht der einzige war, der Interesse daran hatte, meinen alten Professor zu besuchen – sein Auftreten in der »*Nightline*«-Show hatte ihn zu so etwas wie einer Berühmtheit gemacht. Aber ich war beeindruckt, vielleicht auch ein bißchen neidisch auf all die Freunde, die Morrie zu haben schien. Ich dachte an die »Kumpels«, mit denen ich damals am College herumgezogen war. Wo waren sie geblieben?

»Weißt du, Mitch, jetzt, da ich sterbe, bin ich für die Leute sehr viel interessanter geworden.«

»Du warst immer interessant.«

»Tatsächlich?« Morrie lächelte. »Du bist nett.«

Nein, bin ich nicht, dachte ich.

»Die Sache ist die«, sagte er. »Die Leute betrachten mich als eine Brücke. Ich bin nicht mehr so lebendig, wie ich früher immer war, aber ich bin noch nicht tot. Ich bin irgendwie ... dazwischen.«

Er hustete, gewann dann aber wieder sein Lächeln zurück. »Ich bin hier auf der letzten großen Reise – und die Leute möchten, daß ich ihnen sage, was man dafür einpacken soll.«

Das Telefon klingelte wieder.

»Morrie, kannst du reden?« fragte Connie.

»Ich habe gerade Besuch von meinem alten Freund«, erklärte er. »Sie sollen später noch mal anrufen.«

Ich kann Ihnen nicht sagen, warum er mich mit so viel Herzlichkeit aufnahm. Ich hatte nur noch sehr wenig von dem vielversprechenden Studenten, der sich vor sechzehn Jahren von ihm verabschiedet hatte. Hätte ich nicht zufällig die »*Nightline*«-Sendung gesehen, wäre Morrie möglicherweise gestorben, ohne mich jemals wiedergesehen zu haben. Ich hatte dafür keine gute Ausrede, außer derjenigen, die jeder in diesen Tagen zu haben schien. Ich hatte mich von dem Sirenengesang meines eigenen Lebens allzusehr betören lassen. Ich war ständig beschäftigt.

Was war mit mir passiert? fragte ich mich. Morries hohe, rauchige Stimme holte mich zurück in meine Jahre an der Universität, als ich dachte, daß reiche Leute böse wären, daß ein

Hemd und ein Schlips Gefängniskleidung seien. Als ich der Meinung war, daß ein Leben ohne die Freiheit, aufzustehen und fortzugehen – unter dir das Motorrad, im Gesicht die kühle Brise, vor dir die Straßen von Paris oder die Berge von Tibet – in keiner Hinsicht ein gutes Leben sei. *Was war mit mir passiert?*

Die achtziger Jahre waren passiert. Und die neunziger. Tod und Krankheit, dick werden und kahl werden – all das war passiert. Ich hatte viele Träume für einen höheren Gehaltsscheck eingetauscht, und ich war mir dessen nicht einmal bewußt gewesen.

Und plötzlich saß Morrie vor mir und redete mit der Begeisterung unserer Collegejahre, als hätte ich bloß ein paar Jahre Urlaub gemacht.

»Hast du denn jemanden fürs Herz gefunden?« fragte er.

»Tust du was für deine Gemeinde?«

»Bist du mit dir selbst im Frieden?«

»Versuchst du, so menschlich zu sein, wie es dir möglich ist?«

Ich wand mich hin und her, wollte ihm beweisen, daß ich mich mit solchen Fragen intensiv befaßt hatte. *Was war mit mir passiert?* Ich hatte mir einst geschworen, daß ich niemals für Geld arbeiten würde, daß ich mich dem Peace Corps anschließen und an schönen, inspirierenden Orten leben würde.

Statt dessen war ich jetzt seit zehn Jahren in Detroit, immer am selben Arbeitsplatz, immer bei derselben Bank, beim selben Friseur. Ich war siebenunddreißig, tüchtiger als damals im College, gefesselt an Computer, Modems und Handys. Ich schrieb Artikel über reiche Sportler, denen Menschen wie ich gleichgültig waren. Ich war in den Augen meiner Umgebung nicht länger ein junger Mann, und ich lief auch nicht mehr in grauen Sweatshirts und mit einer unangezündeten Zigarette im Mund herum. Ich diskutierte nicht mehr über den Sinn des Lebens, während ich Eiersalatsandwich mampfte.

Meine Tage waren ausgefüllt, und dennoch fühlte ich mich die meiste Zeit unzufrieden.

Was war mit mir passiert?

»Coach«, sagte ich plötzlich, mich an die alte Anrede erinnernd.

Morrie strahlte. »Ja, genau. Das bin ich. Ich bin immer noch dein Coach.«

Er lachte und begann wieder zu essen, eine Mahlzeit, mit der er vor vierzig Minuten begonnen hatte. Ich sah ihm jetzt aufmerksam zu; seine Hände bewegten sich vorsichtig, als sei er dabei zu lernen, wie man sie benutzte. Er schaffte es nicht, ein Messer fest herunterzudrücken. Seine Finger zitterten. Jeder Bissen war ein Kampf; er kaute das Essen sehr sorgfältig, bevor er es schluckte, und manchmal rutschte es ihm an den Mundwinkeln wieder heraus, so daß er das, was er in der Hand hielt, wieder zurücklegen mußte, um sein Gesicht mit der Serviette abzutupfen. Die Haut von seinen Handgelenken bis zu seinen Fingerknöcheln war mit Altersflecken besprenkelt, und sie war schlaff, wie Haut, die von einem Hühnerknochen in der Suppe herunterhängt.

Eine Weile lang saßen wir nur da und aßen, ein kranker alter Mann, ein gesunder junger Mann, die beide die Stille des Raumes in sich aufnahmen. Ich würde sagen, es war ein verlegenes Schweigen, aber ich schien der einzige zu sein, der verlegen war.

»Sterben«, sagte Morrie plötzlich, »ist nur eine Sache, die Anlaß gibt, traurig zu sein, Mitch. Unglücklich zu leben ist eine andere. So viele Menschen, die mich besuchen kommen, sind unglücklich.«

»Warum?«

»Nun, zum einen ist die Kultur, in der wir leben, nicht dafür geeignet, daß sich die Menschen mit sich selbst wohl fühlen. Wir lehren die falschen Dinge. Und man muß stark genug sein, um zu sagen: Wenn die Kultur nicht funktioniert, dann paß dich ihr nicht an. Schaff dir deine eigene. Die meisten Menschen können das nicht. Sie sind unglücklicher als ich – selbst in meiner augenblicklichen Verfassung.

Mag sein, daß ich sterbe, aber ich bin umgeben von liebevollen, fürsorglichen Menschen. Wie viele Leute können das von sich behaupten?«

Ich war erstaunt, daß er keinerlei Selbstmitleid empfand. Morrie, der nicht mehr tanzen, schwimmen, baden oder laufen konnte, Morrie, der niemandem mehr einladend die Tür öffnen konnte, der sich nach einer Dusche nicht mehr selbst abtrocknen und sich noch nicht einmal in seinem Bett umdrehen konnte. Wie war es möglich, daß er die Dinge so gelassen hinnahm? Ich beobachtete ihn, wie er mit seiner Gabel kämpfte, sie in einen Tomatenschnitz zu stechen versuchte, wobei er ihn die ersten beiden Male verfehlte – eine mitleiderregende Szene, und dennoch konnte ich nicht leugnen, daß eine fast magische Heiterkeit und Gelassenheit von ihm ausging, dieselbe beruhigende Ausstrahlung, die mir schon damals im College so wohl getan hatte.

Ich warf einen Blick auf meine Uhr – die Macht der Gewohnheit; es wurde allmählich spät, und ich dachte daran, die Flugreservierung zu ändern. Dann tat Morrie etwas, das ich bis heute nicht vergessen habe.

»Du weißt, wie ich sterben werde?« sagte er.

Ich hob die Augenbrauen.

»Ich werde ersticken. Ja. Meine Lunge kann wegen meines Asthmas nicht mit der Krankheit fertig werden. Die Krankheit kriecht langsam meinen Körper hinauf. Sehr bald wird sie sich auch meiner Arme und meiner Hände bemächtigen. Und wenn sie meine Lunge erreicht...«

Er zuckte die Schultern.

»...dann gehe ich unter.«

Ich hatte keine Vorstellung, was ich sagen sollte. Ich stotterte: »Tja, du weißt, ich meine... man kann nie wissen.«

Morrie schloß die Augen. »Ich weiß, Mitch. Du brauchst keine Angst vor meinem Sterben zu haben. Ich hatte ein gutes Leben, und wir alle wissen, daß es passieren wird. Ich habe vielleicht noch vier oder fünf Monate.«

»Ach was«, entgegnete ich nervös. »Niemand kann sagen…«

»Ich kann«, sagte er leise. »Es gibt sogar einen kleinen Test. Ein Arzt hat ihn mir gezeigt.«

»Ein Test?«

»Atme ein paarmal ein.«

Ich tat, was er gesagt hatte.

»Und jetzt noch einmal, aber diesmal zählst du, wenn du ausatmest, so weit du kannst, bevor du wieder einatmest.«

Ich atmete rasch aus und zählte dabei. »Eins, zwei, drei, vier, fünf, sechs, sieben, acht…« Ich kam bis siebzig, bevor ich völlig außer Atem war.

»Gut«, sagte Morrie. »Du hast eine gesunde Lunge. Jetzt beobachte mal, was ich mache.«

Er atmete ein und begann dann, mit leiser, schwankender Stimme zu zählen. »Eins, zwei, drei, vier, fünf, sechs, sieben, acht, neun, zehn, elf, zwölf, dreizehn, vierzehn, fünfzehn, sechzehn, siebzehn, achtzehn…«

Er hielt inne, schnappte nach Luft.

»Als der Arzt mich das erstemal bat, das zu tun, konnte ich bis dreiundzwanzig zählen. Jetzt nur noch bis achtzehn.«

Er schloß die Augen, schüttelte den Kopf. »Mein Tank ist fast leer.«

Ich trommelte nervös auf meine Oberschenkel. Das reichte für einen Nachmittag.

»Komm mal wieder vorbei, um deinen alten Professor

zu besuchen«, sagte Morrie, als ich ihn zum Abschied umarmte.

Ich versprach ihm, daß ich es tun würde, und versuchte
nicht an das letztemal zu denken, als ich ihm dies versprochen hatte.

Im Buchladen des Campus kaufe ich die Bücher ein, die auf Morries Leseliste stehen. Ich kaufe Bücher, von denen ich nie wußte, daß es sie gibt, Titel wie »Jugend: Identität und Krise«, »Ich und du«, »Das geteilte Selbst«.

Bevor ich das College besuchte, wußte ich nicht, daß man menschliche Beziehungen nach wissenschaftlichen Gesichtspunkten analysieren kann. Bis ich Morrie begegnete, glaubte ich es nicht.

Aber seine Leidenschaft für Bücher ist real und ansteckend. Manchmal, nach dem Unterricht, wenn der Raum sich geleert hat, beginnen wir uns ernsthaft zu unterhalten. Er stellt mir Fragen nach meinem Leben und zitiert dann Sätze von Erich Fromm, Martin Buber, Erik Erikson. Häufig stellt er ihre Worte in den Vordergrund, bringt seine eigenen Ansichten in Form einer Fußnote an, obwohl er dieselben Dinge gedacht hat. Dies sind die Momente, in denen ich mir bewußt werde, daß er tatsächlich ein Professor ist, nicht ein Onkel. Eines Tages beklage ich mich über die Verwirrung, die typisch ist für mein Alter, darüber, daß man Dinge von mir erwartet, die im Gegensatz zu dem stehen, was ich selbst möchte.

»Habe ich dir von der Spannung zwischen den Gegensätzen erzählt?« fragt er.

»Der Spannung zwischen den Gegensätzen?«

»Das Leben ist eine Serie von Schritten nach vorn und wieder zurück. Du möchtest eine Sache tun, aber du bist gezwungen, etwas anderes zu tun. Etwas verletzt dich, und zugleich weißt du, daß es das eigentlich nicht tun sollte. Du betrachtest bestimmte Dinge als selbstverständlich, obwohl du weißt, daß du niemals etwas als selbstverständlich betrachten solltest.

Eine Spannung zwischen Gegensätzen, als zögest du an einem Gummiband. Und die meisten von uns leben irgendwo in der Mitte.«

»Klingt sehr nach einem Ringkampf«, sage ich.

»Ein Ringkampf.« Er lacht. »Ja, so könntest du das Leben beschreiben.«

»Und welche Seite gewinnt?« frage ich.

»Welche Seite gewinnt?«

Er lächelt mich an — die in Fältchen eingebetteten Augen, die schiefen Zähne.

»Die Liebe gewinnt. Die Liebe gewinnt immer.«

Die Verabredung

Ein paar Wochen später flog ich nach London. Ich schrieb über Wimbledon, das wichtigste Tennisturnier der Welt und eines der wenigen Sportereignisse, die ich besuche, wo die Menge die Sportler niemals ausbuht und wo niemand betrunken auf dem Parkplatz liegt. England war warm und wolkenverhangen, und jeden Morgen ging ich die von Bäumen gesäumte Straße in der Nähe des Tennisplatzes hinunter, vorbei an Teenagern, die nach übriggebliebenen Eintrittskarten Schlange standen, und Straßenverkäufern, die Erdbeeren mit Sahne verkauften. Vor dem Eingangstor war ein Zeitungsstand, an dem ein halbes Dutzend bunter britischer Boulevardblätter zum Verkauf angeboten wurden. Auf der Titelseite prangten vor allem Bilder von barbusigen Frauen und Paparazzi-Fotos der königlichen Familie. Daneben fand man Sportereignisse, Lotterielose und ein Minimum an aktuellen Nachrichten. Die Schlagzeile des Tages stand immer auf einer kleinen Tafel, die gegen den neuesten Stapel Zeitungen lehnte. Gewöhnlich lautete sie: DIANA STREITET

SICH MIT CHARLES! oder GAZZA ZUM TEAM: GEBT MIR MILLIO-
NEN!

Die Leute nahmen diese Boulevardblätter im Vorbeigehen mit und verschlangen den Klatsch, und auf meinen früheren Reisen nach England hatte ich dasselbe getan. Aber jetzt mußte ich aus irgendeinem Grunde immer an Morrie denken, wenn ich etwas Dummes oder Geistloses las. Vor meinem geistigen Auge sah ich ihn dort, in dem Haus mit dem japanischen Ahorn und den Hartholzböden, wie er beim Ausatmen zählte, wie er jeden Augenblick, der ihm verblieb, mit den Menschen zusammen war, die er liebte. Während ich mich so viele Stunden mit Dingen beschäftigte, die mir persönlich absolut nichts bedeuteten: Filmstars, Supermodels, und was hat Prinzessin Di oder Madonna oder John F. Kennedy jr. zuletzt gesagt? Auf seltsame Weise beneidete ich Morrie um die Qualität seiner Zeit, während ich zugleich darüber trauerte, daß sie immer knapper wurde. Warum beschäftigten wir uns mit all jenen Ablenkungen? Zu Hause war der Prozeß gegen O. J. Simpson in vollem Gange, und es gab Leute, die ihre gesamte Mittagspause darauf verwandten, sich den Prozeß anzuschauen, und dann den Rest auf Video aufnahmen, damit sie sich abends noch mehr davon anschauen konnten. Sie kannten O. J. Simpson nicht. Sie kannten niemanden, der mit dem Fall zu tun hatte. Und doch gaben sie Tage und Wochen ihres Lebens dafür hin, süchtig nach dem Drama eines anderen Menschen.

Ich erinnerte mich an das, was Morrie sagte, als ich ihn besuchte: »*Die Kultur, in der wir leben, ist nicht dafür geeignet, daß die Menschen sich mit sich selbst wohl fühlen. Und man muß stark genug sein, um zu sagen: Wenn die Kultur nicht funktioniert, dann paß dich ihr nicht an. Schaff dir deine eigene.*«

Morrie hatte, ganz im Sinne dieser Worte, seine eigene Kultur geschaffen – lange, bevor er krank wurde. Diskussionsgruppen, Spaziergänge mit Freunden, Tanzen nach seiner Musik in der *Harvard Square Church*. Er rief ein Projekt namens *Greenhouse* ins Leben, wo Arme sich psychologisch betreuen lassen konnten. Er las Bücher, um neue Ideen für seine Kurse zu bekommen, besuchte Kollegen und wurde von ihnen besucht, hielt Kontakt mit alten Studenten, schrieb Briefe an entfernte Freunde. Er nahm sich mehr Zeit, um zu essen und sich die Natur anzuschauen, und verschwendete keine Minute damit, sich Fernseh-Sitcoms oder den »Film der Woche« anzusehen. Er hatte sich einen Kokon menschlicher Aktivitäten geschaffen – Gespräche, Interaktion, Zuneigung –, und sie füllten sein Leben wie eine überfließende Suppenschüssel.

Auch ich hatte meine eigene Kultur geschaffen. Ich hatte in England vier oder fünf Jobs bei den Medien, jonglierte mit ihnen wie ein Clown. Ich verbrachte acht Stunden am Tag an einem Computer, schickte meine Geschichten per E-Mail zurück in die Staaten. Zudem machte ich TV-Reportagen, wozu ich mit einem Team durch verschiedene Stadtteile Londons reiste. Ich gab auch jeden Morgen und jeden Abend per Telefon Radioberichte durch. Dies war keine ungewöhnlich hohe Arbeitsbelastung. Im Laufe der Jahre war Arbeit zu meinem ständigen Kameraden geworden und hatte alles andere beiseite gedrängt.

In Wimbledon aß ich meine Mahlzeiten in meiner kleinen hölzernen Arbeitskabine und dachte mir nichts dabei. An einem besonders verrückten Tag hatte ein Schwarm Reporter versucht, Andre Agassi und seine berühmte Freundin Brooke Shields vor die Linse zu bekommen, und ich war von einem britischen Reporter umgerannt worden, der kaum »Entschuldigung« murmelte, als er mit seinen riesigen Metalllinsen um den Hals weiterhastete. Mir fiel etwas ein, das Morrie mir gesagt hatte: »*So viele Menschen laufen herum, die ein sinnloses Leben führen. Sie scheinen ständig im Halbschlaf zu sein, selbst dann, wenn sie damit beschäftigt sind, Dinge zu tun, die sie für wichtig halten. Das liegt daran, daß sie den falschen Dingen hinterherjagen. Der Weg, dein Leben sinnvoll zu gestalten, besteht darin, dich liebevollen Mitmenschen zu widmen und der Gemeinschaft um dich herum, und dich darauf zu konzentrieren, etwas zu schaffen, was dir eine Richtung und eine Bedeutung gibt.*«

Ich wußte, daß er recht hatte.

Nicht, daß ich irgend etwas dafür tat.

Am Ende des Turniers – und der unzähligen Tassen Kaffee, die ich trank, um es durchzustehen – schaltete ich den Computer aus, räumte meine Zelle leer und ging zurück zu meinem Apartment, um zu packen. Es war spät. Im Fernsehen gab es nichts als Blödsinn.

Ich flog nach Detroit, kam am späten Nachmittag dort an,

schleppte mich nach Hause und ging ins Bett. Als ich aufwachte, hörte ich eine Nachricht, die mich erschreckte: Die Gewerkschaft meiner Zeitung streikte. Das Gebäude war geschlossen. Am vorderen Eingang standen Streikposten, und Streikende marschierten, Sprechgesänge rufend, die Straße rauf und runter. Als Gewerkschaftsmitglied hatte ich keine Wahl: Ich war plötzlich und zum ersten Mal in meinem Leben arbeitslos, ohne Gehaltsscheck, und zudem der Gegner meiner Arbeitgeber. Gewerkschaftsführer riefen mich zu Hause an und warnten mich vor jedem Kontakt mit meinen früheren Redakteuren, von denen viele meine Freunde waren. Sie sagten mir, ich solle den Hörer auflegen, wenn sie mich anriefen und den Versuch machten, ihre Anliegen zu vertreten.

»Wir werden kämpfen, bis wir gewinnen!« schworen die Gewerkschaftsführer, und ihre Stimmen klangen wie die von Soldaten.

Ich fühlte mich verwirrt und deprimiert. Zwar waren das Fernsehen und die Arbeit für das Radio nette Ergänzungen, aber die Zeitung war der zentrale Punkt meiner Existenz gewesen. Wenn ich jeden Morgen schwarz auf weiß meine Geschichten sah, dann wußte ich, daß ich wenigstens auf eine Weise lebendig war.

Jetzt war das alles nicht mehr da. Und während der Streik weiterging – den ersten Tag, den zweiten Tag, den dritten Tag –, bekam ich besorgte Anrufe, und es gab Gerüchte, daß dies sich noch monatelang so fortsetzen könnte. Alles, was mir vertraut war, war plötzlich auf den Kopf gestellt. Jeden Abend fanden Sportereignisse statt, die ich normalerweise besucht hätte, um darüber zu schreiben. Statt dessen blieb ich zu Hause, schaute sie mir im Fernsehen an. Ich hatte mich daran gewöhnt zu denken, daß die Leser irgendwie meine Kolumne brauchten. Als ich feststellen mußte, wie leicht die Dinge ohne mich weiterliefen, war ich völlig verblüfft.

Nachdem dies eine Woche lang so gegangen war, griff ich zum Telefon und wählte Morries Nummer. Connie holte ihn an den Apparat.

»Du kommst vorbei, um mich zu besuchen«, sagte er, und dies war weniger eine Frage als eine Feststellung.

»Tja. Kann ich das?«

»Wie wär's mit Dienstag?«

»Dienstag wäre gut«, sagte ich. »Dienstag wäre hervorragend.«

In meinem zweiten Jahr am College belege ich noch zwei weitere Kurse bei Morrie. Wir haben über den Unterricht hinaus Kontakt, treffen uns ab und zu, nur, um uns zu unterhalten. Ich hatte noch nie solche Begegnungen mit einem Erwachsenen, der kein Verwandter war, aber ich fühle mich wohl dabei, mit ihm zusammenzusitzen, und er scheint sich wohl dabei zu fühlen, sich die Zeit dafür zu nehmen. »Wo sollen wir heute hingehen?« fragt er fröhlich, wenn ich sein Büro betrete.

Im Frühling sitzen wir unter einem Baum vor dem Soziologiegebäude, und im Winter sitzen wir an seinem Schreibtisch, ich mit grauem Sweatshirt und Adidas-Turnschuhen, Morrie in Rockport-Schuhen und Cordhosen. Jedesmal, wenn wir uns unterhalten, hört er geduldig zu, was ich alles zu erzählen habe, und dann versucht er, mir irgendeine Lebenslektion zu vermitteln. Er erklärt warnend, daß Geld nicht das Wichtigste sei, entgegen der landläufigen Meinung auf dem Campus. Er sagt mir, es käme darauf an, »ein wirklicher Mensch« zu sein. Er spricht von der inneren Entfremdung der Jugend und der Notwendigkeit einer »gefühlsmäßigen Verbindung« mit den

Menschen um mich herum. Einige dieser Dinge verstehe ich, andere nicht. Es macht keinen Unterschied. Die Diskussionen liefern mir einen Vorwand, mit ihm zu reden, väterliche Gespräche, die ich mit meinem eigenen Vater, der immer wollte, daß ich Anwalt werde, nicht haben kann.

Morrie haßt Anwälte.

»Was willst du machen, wenn du das College verläßt?« fragt er.

»Ich möchte Musiker werden«, sage ich. »Klavierspieler.«

»Wunderbar«, sagt er. »Aber das ist ein hartes Leben.«

»Ja.«

»Ganz schön viele Gauner.«

»Hab' ich auch schon gehört.«

»Trotzdem«, sagt er, »wenn du es wirklich willst, dann wirst du es schaffen, deinen Traum zu verwirklichen.«

Ich möchte ihn umarmen, ihm dafür danken, daß er das sagt, aber ich kann meine Gefühle nicht zeigen. Statt dessen nicke ich nur.

»Ich wette, du spielst Klavier mit ganz schön viel Schmiß.«

Ich lache. »Schmiß?«

Er lacht zurück. »Schmiß. Was ist? Sagt man das heute nicht mehr?«

Der erste Dienstag

Wir reden über die Welt

Connie öffnete die Tür und ließ mich herein. Morrie saß in seinem Rollstuhl am Küchentisch und trug ein weites Baumwollhemd und Trainingshosen, die sogar noch weiter waren. Sie waren weit, weil seine Beine zu einer Größe unterhalb der normalen Kleidergröße verkümmert waren – wenn man seine Oberschenkel mit zwei Händen umfaßte, berührten sich die Finger. Hätte er stehen können, dann wäre er nicht größer als ein Meter fünfzig gewesen, und er hätte wahrscheinlich in die Jeans eines Sechstkläßlers gepaßt.

»Ich hab' dir was mitgebracht«, sagte ich und hielt eine braune Papiertüte hoch. Ich hatte auf meinem Weg vom Flughafen zu Morries Haus an einem Supermarkt angehalten und Truthahn, Kartoffelsalat, Nudelsalat und ein paar Bagels gekauft. Ich wußte, daß reichlich Lebensmittel im Haus waren, aber ich wollte auch etwas beitragen. Ich war so schrecklich machtlos, Morrie in irgendeiner anderen Hinsicht zu helfen. Und ich erinnerte mich daran, wie gern er aß.

»Mensch, so viele köstliche Sachen!« sagte er mit seiner

Singsangstimme. »Na gut. Da mußt du sie auch mit mir zusammen essen.«

Wir saßen am Küchentisch. Diesmal, ohne die Notwendigkeit, sechzehn Jahre Information nachzuholen, glitten wir rasch in die vertrauten Gewässer unseres alten Collegedialogs, wobei Morrie Fragen stellte, sich meine Antworten anhörte und mich wie ein Küchenchef unterbrach, um etwas einzustreuen, das ich vergessen hatte oder dessen ich mir nicht bewußt war. Er fragte nach dem Zeitungsstreik und konnte – seiner Natur gemäß – nicht verstehen, warum beide Seiten nicht einfach miteinander redeten und ihre Probleme lösten. Ich sagte ihm, daß nicht jeder so intelligent sei wie er.

Gelegentlich mußte er unser Gespräch unterbrechen, um zur Toilette zu gehen, ein Vorgang, der einige Zeit in Anspruch nahm. Dann rollte Connie ihn in das Badezimmer, hob ihn aus seinem Stuhl und stützte ihn, während er in das Becherglas urinierte. Jedesmal, wenn er zurückkam, sah er müde aus.

»Entsinnst du dich, wie ich Ted Koppel erzählte, daß mir sehr bald irgend jemand den Hintern abwischen müßte?« sagte er.

Ich lachte. Einen solchen Augenblick vergißt man nicht.

»Tja, ich glaube, der Tag steht nahe bevor. Das macht mir ganz schön zu schaffen.«

»Warum?«

»Weil es das endgültige Anzeichen für Abhängigkeit ist.

Jemand, der dir den Hintern abwischt. Aber ich arbeite daran. Ich versuche, es zu genießen.«

»Zu genießen?«

»Ja. Schließlich werde ich noch einmal ein Baby.«

»Das ist eine außergewöhnliche Art, die Sache zu betrachten.«

»Tja, ich muß jetzt das Leben auf außergewöhnliche Art betrachten. Machen wir uns da nichts vor. Ich kann nicht einkaufen gehen. Ich kann mich nicht um meine Bankgeschäfte kümmern, ich kann den Müll nicht raustragen. Aber ich kann hier sitzen, während meine Zeit immer mehr zur Neige geht, und mir das anschauen, von dem ich denke, daß es in einem Leben wichtig ist. Ich habe viele Stunden – und einen guten Grund –, das zu tun.«

»Also«, sagte ich mit einem Zynismus, der zu einer Art Reflex geworden war, »findet man den Schlüssel zum Sinn des Lebens vermutlich dann, wenn man aufhört, den Müll rauszutragen?«

Er lachte, und ich war erleichtert darüber.

Als Connie die Teller abräumte, bemerkte ich einen Stapel Zeitungen, die offensichtlich vor meiner Ankunft gelesen worden waren.

»Du verfolgst noch die Nachrichten?« fragte ich.

»Ja«, antwortete Morrie. »Findest du das seltsam? Glaubst du, da ich sterbe, sollte ich mich nicht darum kümmern, was auf dieser Welt passiert?«

»Vielleicht.«

Er seufzte. »Vielleicht hast du recht. Vielleicht sollte ich mich tatsächlich nicht darum kümmern. Schließlich werde ich nicht mehr dasein, um zu sehen, wie sich alles entwickelt.

Aber es ist schwer zu erklären, Mitch. Jetzt, da ich leide, fühle ich mich den Menschen, die leiden, näher als je zuvor. Neulich sah ich im Fernsehen Menschen in Bosnien, die über die Straße rannten, auf die geschossen wurde, die getötet wurden, unschuldige Opfer ... und ich begann einfach zu weinen. Ich fühle ihren Schmerz, als wäre es mein eigener. Ich kenne keinen dieser Menschen. Aber – wie soll ich das ausdrücken? – ich fühle mich fast – zu ihnen hingezogen.«

Seine Augen wurden feucht, und ich versuchte, das Thema zu wechseln, aber er tupfte sich das Gesicht ab und winkte ab.

»Ich weine jetzt ständig«, sagte er. »Mach dir nichts draus.«

Erstaunlich, dachte ich. Ich arbeitete in der Nachrichtenbranche. Ich schrieb Stories, in denen Menschen starben. Ich interviewte trauernde Familienmitglieder. Ich besuchte sogar die Beerdigungen. Ich weinte niemals. Morrie weinte, weil Menschen litten, die eine halbe Erdkugel entfernt waren. *Ist es das, was am Ende kommt?* fragte ich mich. Vielleicht ist der Tod der große Gleichmacher, die eine große Sache, die schließlich sogar Fremde dazu bringen kann, eine Träne füreinander zu vergießen.

Morrie schneuzte sich laut. »Ist das okay für dich? Männer, die weinen?«

»Sicher«, sagte ich.

Er grinste. »Ah, Mitch, ich werd' dich schon noch weich kriegen. Eines Tages werde ich dir beweisen, daß es okay ist zu weinen.«

»Ja, ja«, sagte ich.

Wir lachten, weil er fast zwanzig Jahre früher bereits dasselbe gesagt hatte. Meistens an den Dienstagen. Tatsächlich waren die Dienstage immer unser gemeinsamer Tag gewesen. Die meisten meiner Kurse bei Morrie fanden am Dienstag statt, er hatte seine Sprechstunden am Dienstag, und als ich meine Abschlußarbeit schrieb – die von Anfang an weitgehend auf Morries Anregungen basierte –, waren es die Dienstage, an denen wir zusammensaßen, an seinem Schreibtisch oder in der Cafeteria, um den Text zu diskutieren.

Also erschien es nur passend, daß wir uns auch jetzt wieder an einem Dienstag trafen, hier, in dem Haus mit dem japanischen Ahorn im Vorgarten. Bevor ich mich verabschiedete, erwähnte ich dies gegenüber Morrie.

»Wir sind Dienstagsleute«, sagte er.

»Dienstagsleute«, wiederholte ich.

Morrie lächelte.

»Mitch, du hast mich gefragt, wieso mir Menschen am Herzen liegen, die ich noch nicht einmal kenne. Aber soll ich dir mal sagen, was das Wichtigste ist, das ich aus dieser Krankheit lerne?«

»Und das wäre?«

»Das Wichtigste im Leben ist zu lernen, wie man Liebe gibt und wie man sie in sich selbst hereinläßt.«

Seine Stimme sank zu einem Flüstern. »Laß sie rein. Wir denken, wir verdienten keine Liebe, wir denken, wenn wir sie reinließen, würden wir allzu weich und rührselig. Aber ein weiser Mann namens Levine hat mal genau das Richtige dazu gesagt. Er sagte: ›Liebe ist der einzige rationale Akt!‹«

Ich nickte wie ein gehorsamer Schüler, und er atmete schwach aus. Ich beugte mich zu ihm hinüber, um ihn zu umarmen. Und dann küßte ich ihn, obwohl das eigentlich nicht meine Art ist, auf die Wange. Ich fühlte seine geschwächten Hände auf meinen Armen, fühlte, wie die dünnen Stoppeln seines Schnauzbartes mein Gesicht streiften.

»Also – kommst du nächsten Dienstag wieder?« flüsterte er.

Er betritt das Klassenzimmer, setzt sich, sagt nichts. Er sieht uns an, wir sehen ihn an. Zuerst ist hier und da ein Kichern hörbar, aber Morrie zuckt nur mit den Schultern, und schließlich herrscht tiefe Stille, und wir beginnen, die leisesten Geräusche wahrzunehmen, das Summen der Heizung in der Ecke des Raumes, das nasale Atmen eines dicken Studenten.

Einige von uns sind nervös. Wann wird er etwas sagen? Wir rutschen auf unseren Stühlen hin und her, werfen einen Blick auf unsere Armbanduhren. Ein paar Studenten schauen aus dem Fenster, versuchen, über dem Ganzen zu stehen. Dies geht eine gute Viertelstunde lang so weiter, bis Morrie schließlich das Schweigen mit einem Flüstern bricht.

»Was geschieht hier?« fragt er.

Und langsam beginnt eine Diskussion — so wie Morrie es beabsichtigt hatte — über die Wirkung des Schweigens auf menschliche Beziehungen. Warum macht Schweigen uns verlegen? Welchen Trost finden wir in all dem Lärm?

Mich selbst stört das Schweigen nicht. Trotz all des Lärms, den ich zusammen mit meinen Freunden mache, fühle ich mich noch immer nicht wohl dabei, vor anderen über meine Gefühle zu sprechen — vor allem nicht vor Klassenkameraden. Ich könnte stundenlang in der Stille sitzen, wenn es das ist, was der Kurs verlangt.

Auf meinem Weg nach draußen hält Morrie mich an. »Du hast heute nicht viel gesagt«, bemerkt er.

»Ich weiß es nicht. Ich hatte einfach nichts hinzuzufügen.«

»Ich glaube, du hast eine Menge hinzuzufügen. Weißt du, Mitch, du erinnerst mich an jemanden, der auch immer gerne alles für sich behielt, als er jünger war.«

»Und wer war das?«

»Ich.«

Der zweite Dienstag

Wir reden über Selbstmitleid

Am nächsten Dienstag kam ich wieder. Und an vielen Dienstagen, die darauf folgten. Ich freute mich auf diese Besuche mehr, als man in Anbetracht der Tatsache, daß ich siebenhundert Meilen flog, um bei einem sterbenden Mann zu sitzen, vermuten sollte. Aber ich schien in eine Zeitnische hineinzuschlüpfen, wenn ich Morrie besuchte, und wenn ich dort war, mochte ich mich selbst lieber. Mittlerweile lieh ich mir für die Fahrt vom Flughafen zu seinem Haus kein Handy mehr. *Laß sie warten,* sagte ich mir, Morrie nachahmend.

Die Situation in Detroit hatte sich nicht verbessert. Tatsächlich war sie eskaliert, es kam zu bösen Konfrontationen zwischen Streikposten und Ersatzarbeitskräften, Leute wurden festgenommen und geschlagen, Menschen lagen vor Lieferwagen auf der Straße.

Im Licht dieser Erkenntnis empfand ich meine Besuche bei Morrie wie ein reinigendes Bad menschlicher Freundlichkeit. Wir redeten über das Leben, und wir redeten über Liebe. Wir redeten über eines von Morries Lieblingsthemen,

Mitgefühl, und warum es unserer Gesellschaft so sehr daran mangelt. Vor meinem dritten Besuch hielt ich an einem Supermarkt namens *Bread and Circus* an – ich hatte ihre Tragetaschen in Morries Haus gesehen und vermutete, daß er die Lebensmittel dort mochte. Ich füllte meinen Einkaufswagen mit Plastikbehältern vom Tresen für frische Fertiggerichte: Köstlichkeiten wie Vermicelli mit Gemüse und Möhrensuppe und Bakhlava.

Als ich Morries Arbeitszimmer betrat, hielt ich die Plastiktüten hoch, als hätte ich soeben eine Bank ausgeraubt.

»Der Essensmann!« rief ich.

Morrie verdrehte die Augen und lächelte.

Mittlerweile hielt ich nach Anzeichen für das Fortschreiten der Krankheit Ausschau. Seine Finger funktionierten noch gut genug, um mit einem Bleistift zu schreiben oder seine Brille zu halten, aber er konnte seine Arme nicht sehr viel höher als bis zur Brust heben. Er verbrachte immer weniger Zeit in der Küche oder im Wohnzimmer. Er hielt sich meistens in seinem Arbeitszimmer auf, wo er in einem großen Sessel mit verstellbarer Rückenlehne saß, der gepolstert war mit Kissen, Wolldecken und speziell zugeschnittenen Schaumstoffteilen, die seine Füße hielten und seine verkümmerten Beine unterstützten. Neben ihm lag immer eine Glocke, und wenn sein Kopf umgebettet werden mußte oder er »auf den Nachtstuhl« gehen mußte, wie er es ausdrückte, dann schwang er die Glocke und Connie, Tony, Bertha oder Amy – seine kleine Armee von Pflegepersonal – kamen ins

Zimmer geeilt. Es war nicht immer leicht für ihn, die Glocke hochzuheben, und er fühlte sich frustriert, wenn er es nicht schaffte, sie zum Läuten zu bringen.

Ich fragte Morrie, ob er sich selbst bemitleide.

»Manchmal, am Morgen«, sagte er. »Das ist die Zeit, in der ich trauere. Ich betaste meinen Körper, ich bewege meine Finger und meine Hände – alles, was ich noch bewegen kann –, und ich betrauere, was ich verloren habe. Ich betrauere die langsame, heimtückische Art, wie ich sterbe. Aber dann höre ich auf zu trauern.«

»Einfach so?«

»Ich gestatte mir, einmal richtig zu weinen, wenn ich das brauche. Aber dann konzentriere ich mich auf all die guten Dinge, die es noch in meinem Leben gibt. Auf die Leute, die mich besuchen kommen. Auf die Geschichten, die ich hören werde. Auf dich – wenn es Dienstag ist. Weil wir Dienstagsleute sind.«

Ich lächelte. Dienstagsleute.

»Mitch, mehr Selbstmitleid als das gestatte ich mir nicht. Ein bißchen jeden Morgen, ein paar Tränen, das ist alles.«

Ich dachte an all die Menschen, die viele Stunden damit verbrachten, sich selbst zu bemitleiden. Wie nützlich es doch wäre, das Selbstmitleid jeden Tag auf ein bestimmtes Maß zu beschränken. Nur ein paar tränenreiche Minuten, und dann einfach weitermachen mit dem Tag. Und wenn Morrie es tun konnte, mit solch einer schrecklichen Krankheit...

»Es ist schrecklich, wenn du es so siehst«, sagte Morrie. »Es ist schrecklich zu beobachten, wie mein Köper langsam zu einem Nichts zusammenschrumpft. Aber es ist auch wunderbar, wegen der vielen Zeit, die mir gewährt wird, um mich zu verabschieden.«

Er lächelte. »Nicht jeder hat so viel Glück.«

Ich betrachtete ihn in seinem Sessel, unfähig aufzustehen, sich zu waschen, sich die Hose anzuziehen. Glück? Sagte er wirklich Glück?

In einer Pause, als Morrie zur Toilette mußte, blätterte ich die Bostoner Zeitung durch, die neben seinem Stuhl lag. Es stand ein Bericht über eine kleine Holzfällerstadt darin, wo zwei Mädchen im Teenageralter einen dreiundsiebzigjährigen Mann, der sich mit ihnen angefreundet hatte, folterten und töteten. Dann gaben sie in dem Wohnwagen, in dem er gelebt hatte, eine Party und zeigten ihren Gästen die Leiche. Und da war noch eine Story über einen heterosexuellen Mann, der einen homosexuellen Mann tötete, nachdem dieser in einer Fernseh-Talkshow aufgetreten war und gesagt hatte, er habe sich in ihn verliebt.

Ich legte die Zeitung weg. Morrie wurde wieder hereingerollt – lächelnd, so wie immer –, und Connie schickte sich an, ihn aus dem Rollstuhl in den Sessel zu heben.

»Möchtest du, daß ich das tue?« fragte ich.

Einen Augenblick lang herrschte Schweigen, und ich bin noch nicht einmal sicher, warum ich es ihm anbot, aber Morrie schaute Connie an und sagte: »Kannst du ihm zeigen, wie man das macht?«

»Sicher«, sagte Connie.

Ihren Anweisungen folgend beugte ich mich vor, schob meine Unterarme unter Morries Achseln und zog ihn zu mir heran, als würde ich ein großes Holzstück von unten anheben. Dann richtete ich mich auf und hievte ihn hoch, während ich aufstand. Wenn du jemanden hochhebst, erwartest du normalerweise, daß seine Arme dich umfangen, aber Morrie schaffte das nicht. Er war weitgehend totes Gewicht, und ich spürte, wie sein Kopf sanft an meiner Schulter abprallte und mir sein Körper wie ein großer, feuchter Laib Brot entgegensank.

»Ahhh«, stöhnte er leise.

»Ich hab' dich, ich hab' dich«, sagte ich.

Ihn auf diese Weise zu halten berührte mich auf eine Art und Weise, die ich nicht beschreiben kann. Ich kann nur sagen, daß ich den Keim des Todes in seiner schrumpfenden Hülle fühlte. Als ich ihn in den Sessel legte und seinen Kopf auf die Kissen bettete, wurde mir plötzlich bewußt, daß unsere Zeit zu Ende ging.

Und ich mußte etwas tun.

Es ist mein erstes Jahr auf dem College, 1978, als die »Disco«- und »Rocky«-Filme der letzte Schrei sind. Ich besuche einen ungewöhnlichen Soziologiekurs bei Morrie: Das Thema ist »Gruppenprozeß«. Jede Woche studieren wir die unterschiedlichen Interaktionsweisen der Studenten in der Gruppe: wie sie auf Wut, Eifersucht, Aufmerksamkeit reagieren. Wir sind menschliche Versuchsratten. Häufig bricht am Ende irgend jemand in Tränen aus. Ich nenne ihn den »Sensibelchen«-Kurs. Morrie meint, ich solle mich mehr öffnen.

An diesem Tag sagt Morrie, er habe eine Übung für uns, die wir ausprobieren sollten. Wir sollen uns hinstellen, mit dem Rücken zu unseren Klassenkameraden, und uns zurückfallen lassen, wobei wir uns darauf verlassen, daß irgendein anderer Student uns auffängt. Die meisten von uns fühlen sich mit dieser Übung unwohl, und wir können uns nur ein paar Zentimeter zurückfallen lassen, bevor wir innehalten. Wir lachen verlegen.

Schließlich verschränkt eine Studentin, ein dünnes, stilles, dunkelhaariges Mädchen, das fast immer weiße, weite Seemannspullover trägt, die Arme vor der Brust, schließt die Augen, lehnt sich zurück und läßt sich zurücksinken, so wie in einem jener Lipton-Tee-Werbe-spots, wo das Model platschend in den Pool fällt.

Einen Augenblick lang bin ich sicher, daß sie mit einem dumpfen Knall auf dem Boden landen wird. Im letzten Moment greift der Partner, der ihr zugeteilt wurde, nach ihrem Kopf und ihren Schultern und reißt sie kraftvoll hoch.

»Whoa!« rufen mehrere Studenten. Einige klatschen.

Endlich lächelt Morrie.

»Siehst du«, sagt er zu dem Mädchen. »Du hast die Augen geschlossen. Das macht den Unterschied aus. Manchmal kannst du nicht glauben, was du siehst, du mußt glauben, was du fühlst. Und wenn andere Menschen dir jemals vertrauen sollen, dann mußt du spüren, daß du ihnen ebenfalls vertrauen kannst – selbst wenn du dich im tiefsten Dunkel befindest. Selbst wenn du fällst.«

Der dritte Dienstag

Wir reden über Reue

Am nächsten Dienstag kam ich mit den üblichen Tragetaschen mit Lebensmitteln an – Teigwaren mit Mais, Kartoffelsalat, Apfel-Fruchtpastete – und mit noch etwas: einem
Tonbandgerät.

»Ich möchte mich an das, worüber wir reden, erinnern
können«, sagte ich zu Morrie. »Ich möchte deine Stimme
haben, damit ich ihr lauschen kann … später.«

»Wenn ich tot bin.«

»Sag das nicht.«

Er lachte. »Mitch, ich werde sterben. Und früher, nicht
später.«

Er betrachtete das Gerät. »Ganz schön groß«, sagte er. Ich
fühlte mich wie ein Eindringling, so wie Reporter es häufig
tun, und mir kam der Gedanke, daß ein Tonbandgerät zwischen zwei Leuten, die vermutlich Freunde sind, ein fremdes
Objekt, ein künstliches Ohr sei. In Anbetracht der vielen
Leute, die Ansprüche auf Morries Zeit erhoben, sollte ich
mich an diesen Dienstagen vielleicht mehr zurücknehmen.

»Hör mal«, sagte ich und nahm das Gerät hoch. »Wir brauchen das hier nicht zu benutzen. Wenn du dich damit unwohl fühlst...«

Er unterbrach mich, drohte mir mit dem Finger, hob dann seine Brille von der Nase und ließ sie an dem Band um seinen Hals herunterbaumeln. Er sah mir in die Augen. »Stell es wieder hin«, sagte er.

Ich stellte es wieder hin.

»Mitch«, fuhr er mit leiser Stimme fort, »du verstehst das nicht. Ich *möchte* dir von meinem Leben erzählen. Ich möchte dir davon erzählen, bevor ich dir nichts mehr erzählen kann.«

Seine Stimme sank zu einem Flüstern. »Ich *möchte,* daß jemand meine Geschichte anhört. Wirst du das tun?«

Ich nickte.

Wir saßen einen Moment schweigend da. »Also«, sagte er, »ist es angeschaltet?«

Tja, die Wahrheit ist, jenes Tonbandgerät war mehr als bloße Nostalgie. Ich war dabei, Morrie zu verlieren, wir alle waren dabei, Morrie zu verlieren – seine Familie, seine Freunde, seine ehemaligen Studenten, seine Kollegen, seine Kumpel aus den politischen Diskussionsgruppen, die er so sehr liebte, seine früheren Tanzpartnerinnen – alle. Und ich vermute, Tonbänder sind, so wie Fotos und Videofilme, ein verzweifelter Versuch, dem Tod ein paar Erinnerungsstücke aus seinem Koffer zu stehlen.

Aber es wurde mir auch immer deutlicher – durch seinen

Mut, seinen Humor, seine Geduld und seine Offenheit –, daß Morrie das Leben von einem ganz anderen Standpunkt aus betrachtete als irgendein anderer Mensch, den ich kannte. Einem gesünderen Standpunkt.

Einem vernünftigeren Standpunkt. *Und er würde demnächst sterben.*

Wenn einem in dem Moment, in dem man dem Tod ins Auge schaut, eine mystische Klarheit der Gedanken geschenkt wird, dann war Morrie bereit, diese Klarheit mit mir zu teilen. Und ich wollte mich so lange wie möglich an seine Worte und Einsichten erinnern.

Das erste Mal, als ich Morrie in *»Nightline«* sah, wollte ich wissen, was er bereute, als er wußte, daß sein Tod nahe bevorstand. War er unglücklich über verlorene Freunde? Hätte er vieles anders gemacht? Ich fragte mich selbst: Würden mich traurige Gedanken quälen, wegen all der Dinge, die ich versäumt hatte? Würde ich Reue empfinden wegen der Geheimnisse, die ich vor anderen verborgen hatte?

Als ich diese Gedanken Morrie gegenüber zur Sprache brachte, nickte er. »Das sind doch Dinge, über die alle Menschen sich Sorgen machen, oder? Was, wenn heute der letzte Tag meines Lebens wäre?« Er betrachtete aufmerksam mein Gesicht, und vielleicht entdeckte er eine Ambivalenz, was meine eigenen Entscheidungen betraf. Ich hatte diese Vorstellung, daß ich am Ende über meinem Schreibtisch zusammenbrechen würde, die Geschichte zur Hälfte geschrieben, und daß meine Redakteure mir die Blätter entrissen, während die Sanitäter meinen Körper davontrugen.

»Mitch?« sagte Morrie.

Ich schüttelte den Kopf und sagte nichts. Aber Morrie spürte mein Zögern.

»Mitch«, sagte er, »in unserer Kultur werden die Menschen nicht dazu ermutigt, über solche Dinge nachzudenken, bis sie dem Ende wirklich nahe sind. Wir sind so beschäftigt mit unserem täglichen Kleinkram: Karriere, Familie, genügend Geld zu haben, die Hypothek abzuzahlen, ein neues Auto zu kaufen, die Heizung zu reparieren – wir sind mit Millionen von kleinen Dingen beschäftigt, nur, um weiterzuleben. Deshalb sind wir es nicht gewöhnt, einen Schritt zurückzutreten, uns unser Leben anzuschauen und zu fragen: Ist das alles? Ist das alles, was ich will? Oder fehlt irgend etwas?«

Er stockte.

»Du brauchst jemanden, der dir hilft, deine eigenen Wünsche zu erforschen. Es passiert eben nicht automatisch.«

Ich verstand, was er sagte. Wir alle brauchen Lehrer in unserem Leben.

Und meiner saß vor mir.

Gut, dachte ich. Wenn ich hier der Schüler sein soll, dann werde ich mich bemühen, ein möglichst guter Schüler zu sein.

Auf dem Heimflug an jenem Tag machte ich eine kleine

Liste von Themen und Fragen, mit denen wir uns alle auseinandersetzen: von »Glück« bis »älter werden« über »Kinder haben« bis »Tod«. Natürlich gibt es eine Million Selbsthilfebücher über diese Themen und viele Fernsehshows und Neunzig-Dollar-pro-Stunde-Therapien. Amerika ist zu einem Basar der Selbsthilfe geworden.

Aber mir schien es noch immer keine klaren Antworten zu geben. Sollte man sich um andere kümmern oder um sein »inneres Kind«? Zu traditionellen Werten zurückkehren oder Tradition als nutzlos ablehnen? Nach Erfolg oder nach dem einfachen Leben streben? Einfach nein sagen oder es einfach tun?

Eines wußte ich ganz bestimmt: Morrie, mein alter Professor, war nicht im Selbsthilfegeschäft. Er stand mitten auf den Schienen, hörte bereits das Pfeifen der Lokomotive des Todes und war sich sehr sicher, was die wichtigen Dinge im Leben betraf.

Ich wünschte mir jene Klarheit. Jede verwirrte und gequälte Seele, die ich kannte, wünschte sich jene Klarheit.

»Du kannst mich alles fragen«, sagte Morrie immer.

Also machte ich folgende Liste:

- Tod
- Furcht
- Altern
- Gier
- Ehe

- Familie
- Gesellschaft
- Verzeihen
- Ein sinnvolles Leben

Diese Liste hatte ich in der Tasche, als ich das nächste Mal zu Morrie kam. An einem Dienstag Ende August, als die Klimaanlage am Flughafen nicht funktionierte, die Leute sich Luft zufächelten, sich wütend den Schweiß von der Stirn wischten und jeder, dem ich ins Gesicht schaute, so aussah, als wäre er bereit, jemanden umzubringen.

Zu Beginn meines letzten Jahres am College habe ich so viele Sozio-
logiekurse belegt, daß ich nur ein paar Punkte von meinem Abschluß
entfernt bin. Morrie schlägt vor, daß ich eine wissenschaftliche Arbeit
schreibe.

»Ich?« frage ich. »Worüber soll ich denn schreiben?«

»Was interessiert dich?« sagt er.

Wir überlegen hin und her, bis wir erstaunlicherweise beim Thema
Sport landen. Ich beginne ein einjähriges Projekt darüber, wie Foot-
ball in Amerika zu etwas Rituellem wurde, fast eine Religion, ein
Opiat für die Massen. Ich habe keine Ahnung, daß dies ein Training
für meine zukünftige Karriere ist. Ich weiß nur, daß mir das weiter-
hin einmal in der Woche zu einer Sitzung mit Morrie verhilft.

Und mit seiner Hilfe habe ich bis zum Frühling eine wissen-
schaftliche Arbeit geschrieben, einhundertzwölf Seiten stark, gut re-
cherchiert, mit Fußnoten versehen, dokumentiert und ordentlich in
schwarzes Leder gebunden. Ich zeige sie Morrie mit dem Stolz eines
Little Leaguer, der bei seinem ersten Homerun einen Treffer landet.

»Herzlichen Glückwunsch«, sagt Morrie. Ich grinse, als er die

Arbeit durchblättert, und schaue mich in seinem Büro um. Die Bücherborde, der Hartholzboden, der Teppich, die Couch. Ich denke, daß ich in diesem Raum überall gesessen habe, wo man überhaupt sitzen kann.

»Ich weiß nicht, Mitch«, sagt Morrie nachdenklich und rückt seine Brille zurecht, während er liest, »mit einer Arbeit wie dieser müssen wir dich vielleicht hierbehalten, damit du deinen Magister machen kannst.«

»Ja, in Ordnung«, sage ich.

Ich kichere, aber die Idee erscheint mir im Augenblick reizvoll. Ein Teil von mir hat Angst davor, das College zu verlassen. Ein Teil von mir möchte unbedingt gehen. Spannung zwischen den Gegensätzen. Ich beobachte Morrie, während er liest, und frage mich, wie die große weite Welt da draußen wohl sein wird.

Die Fernsehaufnahmen II

In der »*Nightline*«-Show sollte ein Fortsetzungsbericht über Morrie gesendet werden, weil die erste Show so gut angekommen war. Diesmal fühlten sich alle, die Kameraleute und Produzenten, bereits wie eine Familie, als sie durch die Tür hereinkamen. Und Koppel selbst war merklich herzlicher. Es gab kein vorsichtiges Abtasten, kein Interview vor dem Interview. Zur Einstimmung tauschten Koppel und Morrie Geschichten über ihre Kindheit aus: Koppel erzählte davon, wie er in England aufgewachsen war, und Morrie erzählte von seiner Kindheit in der Bronx. Morrie trug ein langärmeliges blaues Hemd – er fröstelte fast ständig, selbst wenn es draußen zweiunddreißig Grad im Schatten waren. Aber Koppel zog sein Jackett aus und machte das Interview in Hemd und Schlips. Es war, als würde Morrie ihn aufbrechen, eine Schicht nach der anderen.

»Sie sehen gut aus«, sagte Koppel, als das Tonband ansprang.

»Das höre ich von allen«, sagte Morrie.

»Sie klingen gut. «

»Das höre ich von allen.«

»Woher wissen Sie also, daß es schlimmer wird mit Ihnen?«

Morrie seufzte. »Niemand kann es wissen, außer mir, Ted. Aber ich weiß es.«

Und als er sprach, wurde es offensichtlich. Er gestikulierte nicht mehr so ungehindert wie bei ihrem ersten Gespräch, um seine Worte zu unterstreichen. Er hatte Schwierigkeiten, bestimmte Wörter auszusprechen – der Laut »ai« schien ihm ständig im Halse steckenzubleiben. Noch ein paar Monate, und er würde möglicherweise überhaupt nicht mehr sprechen können.

»Also, was meine Gefühle betrifft…«, sagte Morrie zu Koppel, »…wenn ich Leute und Freunde hier habe, dann geht es mir sehr gut. Die liebevollen Beziehungen halten mich aufrecht.

Aber es gibt Tage, an denen ich deprimiert bin. Ich will da ganz ehrlich sein. Ich sehe, daß ich bestimmte Dinge nicht mehr kann, und empfinde Entsetzen. Was werde ich ohne meine Hände machen? Was geschieht, wenn ich nicht mehr reden kann? Was das Schlucken angeht – das ist mir nicht so wichtig. Ich werde dann durch einen Schlauch ernährt – was ist schon dabei? Aber meine Stimme? Meine Hände? Sie sind so ein wesentlicher Teil von mir. Ich rede mit meiner Stimme. Ich gestikuliere mit meinen Händen. Das ist die Art, wie ich den Menschen etwas gebe.«

»Wie werden Sie etwas geben, wenn Sie nicht länger sprechen können?« fragte Koppel.

Morrie zuckte die Achseln. »Vielleicht werde ich sie alle zwingen, mir Fragen zu stellen, die man nur mit ›Ja‹ oder ›Nein‹ beantworten kann.« Die Antwort war so simpel, daß Koppel lächeln mußte.

Er stellte Morrie Fragen zum Thema Schweigen. Er erwähnte einen sehr lieben Freund von Morrie, Maurie Stein, der Morries Aphorismen damals an den »*Boston Globe*« geschickt hatte. Sie waren seit Anfang der sechziger Jahre zusammen am Brandeis College gewesen. Jetzt wurde Stein allmählich taub. Koppel stellte sich vor, wie die beiden Männer eines Tages zusammensaßen, der eine unfähig zu sprechen, der andere unfähig zu hören. Wie würde das sein?

»Wir werden Händchen halten«, sagte Morrie. »Und eine Menge Liebe wird zwischen uns hin- und herfließen. Ted, wir waren fünfunddreißig Jahre befreundet. Du brauchst nicht zu sprechen oder zu hören, um das zu fühlen.«

Zum Schluß las Morrie Koppel einen der Briefe vor, die er erhalten hatte. Seit der ersten »*Nightline*«-Sendung hatte er eine Menge Post bekommen. Jener Brief kam von einer Lehrerin in Pennsylvania, die in einer Spezialklasse von neun Kindern unterrichtete. Jedes der Kinder hatte ein Elternteil durch den Tod verloren.

»Also – ich habe ihr folgendes geantwortet...«, sagte Morrie zu Koppel und schob seine Brille vorsichtig auf Ohren und Nase. »»Liebe Barbara... Ihr Brief hat mich sehr bewegt. Ich habe das Gefühl, daß die Arbeit, die Sie mit den Kindern machen, welche einen Elternteil verloren haben, sehr wichtig ist. Auch ich habe sehr früh einen Elternteil verloren ...‹«

Plötzlich, während die Kameras noch summten, rückte Morrie sich die Brille zurecht. Er stockte, biß sich auf die Lippen, und es schnürte ihm die Kehle zu. Tränen tropften an seiner Nase herunter. »›Ich verlor meine Mutter, als ich ein Kind war ... und das war ein ziemlicher Schlag für mich ... Ich wünschte, ich hätte eine Gruppe wie die Ihre gehabt, wo ich über meinen Kummer hätte reden können. Ich hätte mich Ihrer Gruppe angeschlossen, weil ...‹«

Seine Stimme brach.

»›... weil ich so einsam war ...‹«

»Morrie«, sagte Koppel, »das war vor siebzig Jahren, daß Ihre Mutter starb. Und es schmerzt Sie noch immer?«

»Und ob!« flüsterte Morrie.

Der Professor I

Er war acht Jahre alt. Vom Krankenhaus kam ein Telegramm, und da sein Vater, ein russischer Einwanderer, kein Englisch lesen konnte, mußte Morrie ihm den Text vorlesen. Er las die Nachricht vom Tod seiner Mutter wie ein Schüler, der vor der Klasse steht. »Wir bedauern, Ihnen mitteilen zu müssen...«, begann er.

Am Morgen der Beerdigung kam Morrie mit seinen Verwandten die Stufen des Mietshauses, in dem er wohnte, an der armen Lower East Side von Manhattan, herunter. Die Männer trugen dunkle Anzüge, die Frauen trugen Schleier. Die Kinder aus der Nachbarschaft machten sich auf den Weg zur Schule, und als sie an ihm vorbeikamen, sah Morrie zu Boden, beschämt, daß seine Klassenkameraden ihn so sahen. Eine seiner Tanten, eine außerordentlich dicke Frau, packte Morrie und begann zu jammern: »Was wirst du ohne deine Mutter machen? *Was wird bloß aus dir werden?*«

Morrie brach in Tränen aus. Seine Klassenkameraden rannten davon.

Auf dem Friedhof sah Morrie zu, wie sie Erde in das Grab seiner Mutter schaufelten. Er versuchte, sich an die zärtlichen Augenblicke zu erinnern, die sie miteinander geteilt hatten, als sie noch lebte. Sie hatte einen Süßwarenladen geführt, bis sie krank wurde, und danach hatte sie meistens geschlafen oder am Fenster gesessen und immer zerbrechlich und schwach ausgesehen. Manchmal rief sie nach ihrem Sohn, damit er ihr Medizin holte, und der kleine Morrie, der auf der Straße Schlagball spielte, tat, als hörte er sie nicht. Insgeheim glaubte er, er könnte die Krankheit zum Verschwinden bringen, wenn er sie ignorierte.

Wie sonst konnte ein Kind dem Tod begegnen?

Morries Vater, den jedermann Charlie nannte, war nach Amerika gekommen, um der russischen Armee zu entfliehen. Er arbeitete in der Pelzbranche, war aber ständig arbeitslos. Ungebildet und der englischen Sprache kaum mächtig, war er schrecklich arm, und die Familie lebte die meiste Zeit von der Sozialhilfe. Ihre Wohnung war ein dunkler, vollgestopfter, deprimierender Ort. Es gab keinerlei Luxus. Kein Auto. Manchmal schrubbten Morrie und sein jüngerer Bruder David für einen Nickel Verandastufen.

Nach dem Tod ihrer Mutter wurden die beiden Jungen in ein kleines Hotel in den Wäldern Connecticuts geschickt, wo mehrere Familien sich eine große Hütte und eine Gemeinschaftsküche teilten. Die frische Luft könnte den Kindern guttun, dachten die Verwandten. Morrie und David hatten noch nie so viel Laub gesehen, und sie rannten herum und spielten in den Feldern. Eines Abends nach dem Abendessen machten sie einen Spaziergang, und es begann zu regnen. Anstatt wieder ins Haus zurückzukehren, spielten sie stundenlang im Regen.

Als sie am nächsten Morgen aufwachten, sprang Morrie aus dem Bett.

»Los«, sagte er zu seinem Bruder. »Steh auf.«

»Ich kann nicht.«

»Was heißt das?«

Panik spiegelte sich in Davids Gesicht. »Ich kann mich nicht... bewegen.«

Er hatte Kinderlähmung.

Natürlich war nicht der Regen die Ursache für die Krankheit. Aber ein Kind in Morries Alter konnte das nicht verstehen. Für eine lange Zeit – während sein Bruder immer wieder in einer Spezialklinik war und Schienen an seinen Beinen tragen mußte, wodurch er schließlich humpelte – fühlte Morrie sich verantwortlich.

Deshalb ging er morgens in eine Synagoge – allein, da sein Vater kein religiöser Mensch war. Dort stand er zwischen den hin- und herschaukelnden Männern in ihren langen schwarzen Mänteln, und er bat Gott, sich um seine tote Mutter und seinen kranken Bruder zu kümmern.

Und nachmittags stand er am Fuß der Treppe, die zur Untergrundbahn führte, und verkaufte Zeitschriften. Alles Geld, das er verdiente, gab er seiner Familie, damit sie davon Essen kauften.

Am Abend sah er zu, wie sein Vater schweigend dasaß und aß, und er hoffte vergeblich auf Zuwendung, Kommunikation, Wärme.

Mit neun Jahren hatte Morrie das Gefühl, als trüge er einen Berg auf seinen Schultern.

Aber im folgenden Jahr trat ein rettender Engel in Morries Leben: seine neue Stiefmutter, Eva. Sie war eine kleine Frau aus Rumänien mit klaren Gesichtszügen, lockigem braunem Haar und der Energie von zweien. Sie hatte eine innere Kraft, die die düstere Atmosphäre, die sein Vater um sich verbreitete, ein wenig lichtete. Sie redete, wenn ihr Mann schwieg, sie sang den Kindern abends Lieder vor. Morrie fand Trost in ihrer besänftigenden Stimme, im Unterricht, den sie ihm erteilte, in ihrem starken Charakter. Als sein Bruder aus der Klinik zurückkehrte, noch immer mit Beinschienen, teilten sich die beiden in der Küche ihres Apartments ein Bett auf Rollen, und Eva gab ihnen jeden Abend Gutenachtküsse. Morrie wartete auf jene Küsse wie ein Welpe auf Milch, und tief in seinem Herzen spürte er, daß er wieder eine Mutter hatte.

Es gab jedoch keine Möglichkeit, ihrer Armut zu entrinnen. Sie lebten jetzt in der Bronx, in der Tremont Avenue, in einem Einzimmer-Apartment in einem Backsteingebäude, neben einem italienischen Biergarten, wo die alten Männer an Sommerabenden, Boccia spielten. Wegen der wirtschaftlichen Depression fand Morries Vater sogar noch seltener Arbeit. Manchmal, wenn sie am Abendbrottisch saßen, konnte Eva nichts als Brot auf den Tisch bringen.

»Was ist sonst noch da?« fragte David dann.

»Nichts sonst«, antwortete sie.

Wenn sie Morrie und David ins Bett gebracht hatte, sang sie ihnen jüdische Lieder vor. Sogar die Lieder waren traurig und arm. Eines handelte von einem Mädchen, das versuchte, seine Zigaretten zu verkaufen:

> *Bitte kaufen Sie meine Zigaretten.*
> *Sie sind trocken, nicht naß vom Regen.*
> *Haben Sie Mitleid mit mir,*
> *haben Sie Mitleid mit mir.*

Dennoch, trotz der Armut, lehrte man Morrie, liebevoll und fürsorglich zu sein. Und zu lernen. Eva akzeptierte ausschließlich hervorragende Leistungen in der Schule, da sie Bildung als das einzige Gegenmittel gegen ihre Armut ansah. Sie selbst ging zur Abendschule, um ihr Englisch zu verbessern. Morries Liebe zur Bildung enstand in ihren Armen.

Er lernte nachts, neben der Lampe am Küchentisch. Und am Morgen ging er in die Synagoge, um das *Yizkor* – das Gedenkgebet für die Toten – für seine Mutter zu sprechen. Er tat das, um die Erinnerung an sie lebendig zu halten. Morries Vater hatte ihm, so unglaublich es klingen mag, befohlen, niemals über sie zu reden. Der kleine David sollte denken, daß Eva seine leibliche Mutter sei.

Das war eine schreckliche Belastung für Morrie. Jahrelang war das einzige Erinnerungsstück an seine Mutter das Telegramm mit der Nachricht von ihrem Tod. Er hatte es an dem Tag, als es ankam, sofort versteckt.

Und er bewahrte es für den Rest seines Lebens auf.

Als Morrie im Teenageralter war, nahm sein Vater ihn mit in eine Pelzfabrik, wo er arbeitete. Es war in der Zeit der wirtschaftlichen Depression, und er wollte Morrie einen Job besorgen.

Dieser betrat die Fabrik und hatte sofort das Gefühl, daß die Mauern um ihn herum sich geschlossen hatten. Der Raum war dunkel und heiß, die Fenster mit Schmutz bedeckt, und die Maschinen standen dicht nebeneinander und bewegten sich unablässig wie die Räder eines Zuges. Unzählige Härchen flogen durch die Gegend und machten die Luft dick und schwer. Die Arbeiter, die die Häute zusammennähten, beugten sich über ihre Nadeln, während der Boss die Reihen hinauf und hinunter marschierte und sie anschrie, sie sollten schneller arbeiten. Morrie vermochte kaum zu atmen. Er stand neben seinem Vater, starr vor Angst, und er hoffte, daß der Boss ihn nicht ebenfalls anschreien würde.

Während der Mittagspause brachte Morries Vater den Jungen zum Chef, gab ihm einen Schubs, so daß er stolpernd vor ihm zum Stehen kam, und fragte, ob es irgendwelche Arbeit für seinen Sohn gebe. Aber es gab kaum genug Arbeit für die erwachsenen Arbeiter, und niemand wollte seinen Brot-erwerb aufgeben.

Dies war für Morrie ein Segen. Er haßte diesen Ort. Er tat einen weiteren Schwur, den er bis zum Ende seines Lebens hielt: Er würde niemals irgendeiner Arbeit nachgehen, durch die ein anderer Mensch ausgebeutet wurde, und er würde sich niemals gestatten, mit dem Schweiß seiner Mitmen-schen Geld zu verdienen.

»Was willst du machen?« pflegte Eva ihn zu fragen.

»Ich weiß es nicht«, antwortete er. Er wollte keinesfalls Jura studieren, denn er haßte Rechtsanwälte, und er wollte nicht Medizin studieren, weil er den Anblick von Blut nicht ertragen konnte.

»Was willst du machen?«

Der beste Professor, den ich je hatte, ist eigentlich nur in Ermangelung besserer Alternativen Lehrer geworden.

»Ein Lehrer beeinflußt die Ewigkeit;
er kann nie sagen, wo sein Einfluß aufhört.«

HENRY ADAMS

Der vierte Dienstag

Wir reden über den Tod

»Laß uns mal von folgender Idee ausgehen«, sagte Morrie. »Jeder weiß, daß er sterben wird, aber niemand glaubt es.«

An diesem Dienstag war er in einer nüchtern-geschäftsmäßigen Stimmung. Das Thema war der Tod, der erste Punkt auf meiner Liste. Bevor ich eintraf, hatte Morrie sich ein paar Notizen auf kleinen weißen Blättern gemacht, damit er nichts vergaß. Seine zittrige Handschrift war mittlerweile für niemanden außer ihm selbst zu entziffern. Wir hatten schon fast *Labor Day,* und durch die Fenster des Arbeitszimmers konnte ich die spinatfarbenen Hecken des Gartens sehen und die Rufe von Kindern hören, die weiter unten auf der Straße spielten, in ihrer letzten Woche der Freiheit, bevor die Schule begann.

In Detroit bereiteten sich die Streikenden bei der Zeitung auf eine gewaltige Feriendemonstration vor, um die Solidarität der Gewerkschaften gegen das Management unter Beweis zu stellen. Auf dem Flug hatte ich von einer Frau gelesen, die ihren Mann und zwei Töchter im Schlaf erschossen hatte. Sie behauptete, sie habe sie vor den »schlechten Menschen« beschützt. In Kalifornien waren die Rechtsanwälte im O. J. Simpson Prozeß angesehene und berühmte Männer geworden.

Hier in Morries Büro ging das Leben einen kostbaren Tag nach dem anderen weiter. Jetzt saßen wir beisammen, etwa einen Meter von der letzten Neuanschaffung des Hauses entfernt: einer Sauerstoffmaschine. Sie war klein und tragbar, etwa kniehoch. Manchmal, wenn er in der Nacht nicht genügend Luft bekommen konnte, befestigte Morrie den langen Plastikschlauch an seiner Nase, steckte ihn an seine Nasenflügel wie einen Blutegel. Ich haßte die Vorstellung, daß Morrie an irgendeine Art Maschine angeschlossen war, und ich versuchte, sie nicht anzuschauen, während Morrie sprach.

»Jeder weiß, daß er sterben muß«, sagte er noch einmal, »aber niemand glaubt es. Wenn wir es täten, dann würden wir die Dinge anders machen.«

»Also machen wir uns, was den Tod angeht, etwas vor«, sagte ich.

»Ja. Aber es gibt eine bessere Herangehensweise. Zu wissen, daß du sterben mußt, und jederzeit darauf *vorbereitet* zu sein. Das ist besser. Auf die Weise kannst du tatsächlich *intensiver* leben, während du lebst.«

»Wie kann man jemals darauf vorbereitet sein zu sterben?«

»Tu das, was die Buddhisten tun. Stell dir vor, daß jeden

Tag ein kleiner Vogel auf deiner Schulter sitzt, der dich fragt: ›Ist heute der Tag? Bin ich bereit? Tue ich alles, was ich tun sollte? Bin ich der Mensch, der ich sein möchte?‹«

Er drehte seinen Kopf zu seiner Schulter, als säße der kleine Vogel tatsächlich dort.

»Ist heute der Tag, an dem ich sterbe?« sagte er.

Morrie verwendete die Weisheiten aller Religionen. Er wurde als Jude geboren, wurde aber als Teenager zum Agnostiker, zum Teil wegen all des Unglücks, das ihm als Kind widerfahren war. Er übernahm einige der philosophischen Lehren des Buddhismus und des Christentums, aber er fühlte sich kulturell noch immer im Judentum zu Hause. Er war sozusagen ein religiöser Straßenköter, was ihn gegenüber den Studenten, die er im Laufe der Jahre unterrichtete, noch offener und toleranter machte. Und die Dinge, die er in seinen letzten Monaten auf der Erde sagte, schienen alle religiösen Unterschiede zu überschreiten. Offenbar ist das eine Einstellung, die der bevorstehende Tod mit sich bringt.

»Die Wahrheit ist«, erklärte er, »wenn du lernst, wie man stirbt, dann lernst du, wie man lebt.«

Ich nickte.

»Ich wiederhol' es noch einmal«, sagte er. »Wenn du lernst, wie man stirbt, dann lernst du, wie man lebt.« Er lächelte, und mir wurde klar, was er tat. Er sorgte dafür, daß ich diesen Punkt wirklich verstand, ohne mich in Verlegenheit zu bringen, indem er nachfragte. Dies war einer der Aspekte, die ihn zu einem guten Lehrer machten.

»Hast du viel über den Tod nachgedacht, bevor du krank wurdest?« fragte ich.

»Nein«, sagte Morrie lächelnd. »Ich war wie alle anderen. Einmal sagte ich in einem Moment der überschwenglichen Freude zu einem Freund: ›Ich werde der gesündeste alte Mann sein, dem du je begegnet bist!‹«

»Wie alt warst du?«

»Über sechzig.«

»Also warst du optimistisch.«

»Warum nicht? Wie ich schon sagte: Niemand glaubt wirklich, daß er sterben wird.«

»Aber jeder kennt jemanden, der gestorben ist«, sagte ich. »Warum ist es so schwer, über das Sterben nachzudenken?«

»Weil«, fuhr Morrie fort, »die meisten von uns wie Schlafwandler durch die Gegend laufen. Wir kosten das Leben nicht voll aus, weil wir ständig im Halbschlaf sind und Dinge tun, von denen wir glauben, wir müßten sie tun.«

»Und all das verändert sich durch die Konfrontation mit dem Tod?«

»Oh ja. Du streifst all das unnütze Zeug ab und konzentrierst dich auf das Wesentliche. Wenn du erkennst, daß du sterben wirst, dann siehst du alles mit ganz anderen Augen.«

Er seufzte. »Lerne, wie man stirbt, und du wirst lernen, wie man lebt.«

Ich bemerkte, daß er jetzt zitterte, wenn er seine Hände bewegte. Seine Brille hing ihm am Hals, und als er sie sich an die Augen hob, rutschten die Bügel an seinen Schläfen herum, als versuchte er, sie in der Dunkelheit jemand anderem aufzusetzen. Ich langte hinüber, um ihm zu helfen, die Bügel über seine Ohren zu schieben.

»Danke«, flüsterte Morrie. Er lächelte, als meine Hand seinen Kopf streifte. Der geringste menschliche Kontakt machte ihn glücklich.

»Mitch. Kann ich dir etwas sagen?«

»Natürlich«, sagte ich.

»Möglicherweise gefällt es dir nicht.«

»Warum nicht?«

»Tja, die Wahrheit ist, wenn du wirklich auf jenen Vogel auf deiner Schulter hören würdest, *wenn du akzeptieren würdest, daß du jederzeit sterben kannst* – dann wärst du vielleicht nicht so ehrgeizig, wie du jetzt bist.«

Ich zwang mich zu einem kleinen Lächeln.

»Die Dinge, auf die du so viel Zeit verwendest – all diese Arbeit, die du machst – erscheinen dann vielleicht nicht so wichtig. Es könnte sein, daß du dann Platz für spirituelle Dinge schaffen mußt.«

»Spirituelle Dinge?«

»Du haßt das Wort, nicht wahr? ›Spirituell‹. Du glaubst, es ginge dabei um rührseliges Zeug.«

»Na ja«, sagte ich.

Er versuchte, mir zuzuzwinkern. Was ihm jedoch nicht gelang, und ich konnte mich nicht mehr beherrschen und begann, laut zu lachen.

»Mitch«, sagte er und lachte ebenfalls, »selbst ich weiß nicht, was ›spirituelle Entwicklung‹ wirklich bedeutet. Aber ich weiß, daß es uns in irgendeiner Hinsicht an etwas mangelt. Wir sind allzusehr mit materialistischen Dingen beschäftigt, und sie befriedigen uns nicht. Die liebevollen Beziehungen, die wir haben, das Universum um uns herum – wir nehmen diese Dinge als selbstverständlich hin.«

Er nickte in Richtung des Fensters. »Siehst du das? Du kannst da rausgehen, nach draußen, jederzeit. Du kannst die Straße rauf und runter rennen und verrückt spielen. Ich kann das nicht. Ich kann nicht rausgehen. Ich kann nicht rennen. Ich kann nicht da draußen sein, ohne befürchten zu müssen, krank zu werden. Aber weißt du was? Ich *weiß* jenes Fenster mehr zu *schätzen* als du.«

»Zu schätzen?«

»Ja. Ich schaue jeden Tag aus diesem Fenster hinaus. Ich bemerke die Veränderung in den Bäumen, sehe, wie stark der Wind weht. Es ist, als könnte ich durch jene Fensterscheibe sehen, wie die Zeit vergeht. Weil ich weiß, daß meine Zeit fast abgelaufen ist, fasziniert mich die Natur, als sähe ich sie zum ersten Mal.«

Er stockte, und einen Moment lang saßen wir beide nur da und schauten aus dem Fenster. Ich versuchte zu sehen, was er sah. Ich versuchte, die Zeit und die Jahreszeiten zu sehen und wie mein Leben im Zeitlupentempo verging. Morrie ließ seinen Kopf ein wenig zur Seite sinken. Vielleicht fragte er einen imaginären kleinen Vogel, ob heute sein letzter Tag sei.

Ständig erhielt Morrie Briefe von überall auf der Welt, dank seines Auftretens in der »Nightline«-Show. Wenn er dazu in der Lage war, diktierte er Freunden und seiner Familie, die sich zu den Briefschreib-Sitzungen einfanden, die Antworten.

Eines Sonntags, als seine Söhne Rob und John zu Hause waren, versammelten sich alle im Wohnzimmer. Morrie saß in seinem Rollstuhl, die mageren Beine unter einer Wolldecke. Als ihm kalt wurde, legte einer seiner Helfer eine Nylonjacke über seine Schultern.

»Welches ist der erste Brief?« fragte Morrie.

Ein Kollege las einen Brief von einer Frau namens Nancy vor, die ihre Mutter durch ALS verloren hatte. Sie schrieb, wie sehr sie durch den Verlust gelitten habe und daß sie wisse, daß Morrie ebenfalls litt.

»Gut«, sagte Morrie, als er den Brief bis zum Ende gehört hatte. Er schloß die Augen. »Fangen wir an mit: ›Liebe Nancy, Sie haben mich mit Ihrer Geschichte von Ihrer Mutter sehr berührt. Und ich verstehe, was Sie durchgemacht haben. Auf beiden Seiten ist Traurigkeit und Leiden. Es war gut für mich zu trauern, und ich hoffe, daß es für Sie ebenfalls gut war.‹«

»Vielleicht solltest du die letzte Zeile ändern«, sagte Rob.

Morrie dachte eine Sekunde lang nach und sagte dann: »Du hast recht. Wie wär's mit: ›Ich hoffe, Sie können die heilende Kraft finden, die in der Trauer liegt.‹ Ist das besser?«

Rob nickte. »Schreib noch: ›Danke, Morrie‹«, sagte Morrie.

Ein anderer Brief von einer Frau namens Jane wurde vorgelesen, die ihm für seine Inspiration im *»Nightline«*-Programm dankte. Sie bezeichnete ihn als einen Propheten.

»Das ist ein sehr großes Kompliment«, sagte ein Kollege. »Ein Prophet.«

Morrie schnitt eine Grimasse. Er war offensichtlich mit der Beschreibung nicht einverstanden. »Wir sollten ihr für ihr Lob danken. Und schreib ihr, ich bin froh, daß meine Worte ihr etwas bedeutet haben.

Und vergiß nicht zu unterschreiben: ›Danke, Morrie.‹«

Dann war da noch ein Brief von einem Mann in England, der seine Mutter verloren hatte und Morrie bat, ihm zu helfen, durch die spirituelle Welt Kontakt mit ihr aufzunehmen. Und ein Brief von einem Paar, das nach Boston kommen wollte, um ihn kennenzulernen. Und ein langer Brief von einer früheren Graduiertenstudentin, die über ihr Leben nach der Universität schrieb. Es war darin die Rede von einem Selbstmordversuch und drei Totgeburten. Und von einer Mutter, die an ALS gestorben war. Die Schreiberin brachte ihre Angst zum Ausdruck, daß sie, die Tochter, die Krankheit ebenfalls bekommen würde. Und so weiter und so weiter. Drei Seiten. Vier Seiten.

Morrie hörte sich die lange, düstere Geschichte an. Als der Brief schließlich zu Ende war, sagte er leise: »Tja, was sollen wir antworten?«

Die Gruppe schwieg. Schließlich sagte Rob: »Wie wär's mit: ›Danke für Ihren langen Brief?‹«

Alle lachten. Morrie schaute seinen Sohn an und strahlte.

Der fünfte Dienstag

Wir reden über die Familie

Es war die erste Woche im September, die Woche, in der die Schule wieder anfing, und nach fünfunddreißig Herbstsemestern hatte mein alter Professor zum erstenmal keine Klasse, die auf dem Campus auf ihn wartete. Boston wimmelte von Studenten, die in zweiter Reihe parkten und Schrankkoffer entluden. Und hier saß Morrie in seinem Arbeitszimmer. Es schien irgendwie nicht in Ordnung zu sein, wie bei den Footballspielern, die sich nach vielen Jahren vom Sport zurückziehen und mit jenem ersten Sonntag zu Hause konfrontiert werden, an dem sie fernsehen und denken: *Ich könnte das noch immer machen.* Ich habe im Umgang mit jenen Spielern gelernt, daß es am besten ist, sie allein zu lassen, wenn die alten Erinnerungen zurückkehren. Sag nichts. Aber schließlich brauchte ich Morrie nicht daran zu erinnern, daß seine Zeit ablief.

Wir waren von den Mikrofonen, die man in der Hand hielt, zu den Minimikros übergegangen, die bei den Fernsehleuten so beliebt sind. Man kann sie an einen Kragen oder

Aufschlag klemmen. Da Morrie nur weiche Baumwollhemden trug, die locker an seinem schrumpfenden Körper hingen, wackelte das Mikrofon ständig hin und her und fiel herunter, und ich mußte häufig hinüberlangen und es festmachen. Morrie schien das zu genießen, weil ich ihm dadurch nahe kam, und sein Bedürfnis nach Körperkontakt war stärker als je zuvor. Wenn ich mich zu ihm hinunterbeugte, hörte ich seinen keuchenden Atem, sein schwaches Husten, und das leise Schmatzen seiner Lippen, bevor er schluckte.

»Tja, mein Freund«, sagte er, »worüber reden wir heute?«

»Wie wär's mit ›Familie‹?«

»Familie.« Er dachte einen Moment lang darüber nach. »Tja, meine siehst du ja, überall um mich herum.«

Er nickte in Richtung der Fotos auf seinen Bücherborden, von Morrie als Kind mit seiner Großmutter, Morrie als junger Mann mit seinem Bruder David, Morrie mit seiner Frau Charlotte, Morrie mit seinen beiden Söhnen, Rob, einem Journalisten in Tokio, und Jon, einem Computerexperten in Boston.

»Ich denke, im Lichte dessen, worüber wir in all diesen Wochen geredet haben, wird die Familie sogar noch wichtiger«, sagte er.

»Tatsache ist, es gibt keine Basis, keinen sicheren Grund, auf dem die Menschen heute stehen können, wenn nicht die Familie. Das ist mir sehr deutlich geworden, während ich krank war. Wenn du die Unterstützung und Liebe und Fürsorge, die du von deiner Familie bekommst, nicht hast, dann hast du nur wenig. Liebe ist so unendlich wichtig. Wie unser großer Dichter Auden sagte: ›Liebt einander oder geht zugrunde.‹«

»Liebt einander oder geht zugrunde.« Ich schrieb den Satz nieder. »Auden hat das gesagt?«

»Liebt einander oder geht zugrunde«, wiederholte Morrie. »Das ist gut, nicht? Und es ist so wahr. Ohne Liebe sind wir Vögel mit gebrochenen Flügeln.

Sagen wir mal, ich wäre geschieden oder lebte allein oder hätte keine Kinder. Diese Krankheit – was ich jetzt durchmache – wäre so viel schwerer zu ertragen. Ich bin nicht sicher, daß ich es schaffen könnte. Gewiß, Leute würden kommen und mich besuchen, Freunde, Kollegen, aber es ist nicht dasselbe wie jemanden zu haben, der nicht fortgeht. Es ist nicht dasselbe, wie jemanden zu haben, den du kennst und der ein Auge auf dich hat, der dich die ganze Zeit beobachtet.

Das ist eines der Dinge, um die es bei einer Familie geht, nicht nur um Liebe, sondern darum zu wissen, daß jemand da ist, der auf dich aufpaßt. Das ist es, was mir so sehr fehlte, als meine Mutter starb – ich nenne es die ›spirituelle Sicherheit‹ eines Menschen –: zu wissen, daß deine Familie dasein wird und auf dich aufpaßt. Es gibt nichts anderes auf der Welt, das dir jenes Gefühl vermitteln kann. Kein Geld. Keine Berühmtheit.«

Er warf mir einen Blick zu.

»Keine Arbeit«, fügte er hinzu.

Eine Familie zu gründen und für eine Familie zu sorgen war einer der Punkte auf meiner kleinen Liste von Dingen, die ich in Ordnung bringen wollte, bevor es zu spät ist. Ich erzählte Morrie von dem Dilemma meiner Generation, was eigene Kinder angeht. Wie wir sie häufig als Geschöpfe ansehen, die uns fesseln, uns zu diesen Mutter- und Vaterfiguren machen, die wir nicht sein wollten. Ich gab zu, daß ich einige dieser Gefühle selbst hatte.

Doch als ich mir Morrie anschaute, fragte ich mich, ob die Leere im Angesicht des Todes, wenn ich keine Familie, keine Kinder hätte, nicht unerträglich sein würde? Er hatte seine beiden Söhne zu liebevollen und fürsorglichen Menschen erzogen, und so wie Morrie geizten sie nicht mit ihren zärtlichen Gefühlen. Wäre es sein Wunsch gewesen, dann hätten sie das, was sie gerade taten, stehen- und liegengelassen, um jede Minute seiner letzten Monate mit ihrem Vater zu verbringen. Aber das war es nicht, was er wollte.

»Ihr dürft euer Leben nicht unterbrechen«, sagte er ihnen. »Sonst wird diese Krankheit am Ende drei anstatt nur einen ruiniert haben.«

Auf diese Art bewies er, selbst als er starb, Respekt für die Welt seiner Kinder. Es war daher kaum verwunderlich, daß sie ihm ihre ganze Zuneigung entgegenbrachten, daß sie ihn küßten und mit ihm scherzten, wenn sie an seinem Bett saßen und seine Hand hielten.

»Wenn Menschen mich danach fragen, ob es besser für sie wäre, Kinder zu haben oder nicht, dann sage ich ihnen niemals, was sie tun sollen«, bemerkte Morrie jetzt und betrachtete das Foto seines ältesten Sohnes. »Ich sage ihnen nur: ›Es gibt keine Erfahrung, die der, Kinder zu haben, gleichkommt.‹ Das ist alles. Es gibt keinen Ersatz dafür. Einen Freund zu haben, ist nicht dasselbe. Und auch nicht einen Geliebten oder eine Geliebte. Wenn du die Erfahrung suchst, die völlige Verantwortung für ein anderes menschliches Wesen zu übernehmen und zu lernen, wie du einen anderen Menschen auf die tiefste Art liebst, dann solltest du Kinder haben.«

»Also würdest du es wieder genauso machen?« fragte ich.

Ich warf einen Blick auf das Foto. Rob küßte Morrie auf die Stirn, und Morrie lachte mit geschlossenen Augen.

»Würde ich es wieder so machen?« sagte er zu mir und schaute überrascht drein. »Mitch, ich hätte jene Erfahrung um keinen Preis missen wollen. Obwohl...«

Er schluckte und legte das Bild in seinen Schoß.

»Obwohl ich einen schmerzlichen Preis dafür zahlen muß«, sagte er.

»Weil du sie verlassen wirst.«

»Weil ich sie *bald* verlassen werde.«

Er preßte die Lippen zusammen, schloß die Augen, und ich sah die erste Träne neben seiner Schläfe herunterrinnen.

»Und jetzt«, flüstert er, »redest du.«

»Ich?«

»Deine Familie. Ich kenne deine Eltern, ich habe sie getroffen, vor Jahren, bei der Abschlußfeier. Du hast auch eine Schwester, nicht wahr?«

»Ja«, sagte ich.

»Älter, ja?«

»Älter.«

»Und einen Bruder, nicht wahr?«

Ich nickte.

»Jünger?«

»Jünger.«

»Wie ich«, sagte Morrie. »Ich habe auch einen jüngeren Bruder.«

»Wie du«, sagte ich.

»Er war auch bei der Abschlußfeier, nicht wahr?«

Ich blinzelte, und im Geiste sah ich uns alle dort stehen, vor sechzehn Jahren, die heiße Sonne, die blauen Gewänder, blinzelnd, als wir die Arme umeinander legten und für Polaroidfotos posierten, während jemand sagte: »Eins, zwei, dreiii ...«

»Was ist?« fragte Morrie, der mein plötzliches Verstummen bemerkt hatte. »Was geht dir im Kopf herum?«

»Nichts«, sagte ich und wechselte das Thema.

Die Wahrheit ist, ich habe tatsächlich einen Bruder. Einen blonden Bruder mit haselnußbraunen Augen, der zwei Jahre jünger ist als ich und mir und meiner dunkelhaarigen Schwester so unähnlich ist, daß wir ihn häufig hänselten, Fremde hätten ihn als Baby auf unserer Schwelle zurückgelassen.

»Und eines Tages«, sagten wir dann zu ihm, »werden sie zurückkommen, um dich zu holen.« Er weinte, wenn wir das sagten, aber wir sagten es trotzdem.

Er wuchs so auf, wie viele jüngste Kinder aufwachsen: verwöhnt, innig geliebt und innerlich gepeinigt. Er träumte davon, ein Schauspieler oder Sänger zu sein; am Eßtisch spielte er Fernsehshows nach, spielte jede Rolle, wobei er von einem Ohr zum anderen lächelte. Ich war der gute Schüler, er war der schlechte; ich war gehorsam, er brach die Regeln; ich hielt mich von Drogen und Alkohol fern, er probierte alles aus, was man seinem Körper nur zumuten kann. Kurz nach dem High-School-Abschluß siedelte er nach Europa um, da er den lockeren europäischen Lebensstil vorzog. Dennoch blieb er der Liebling der Familie. Wenn er nach Hause kam, mit seiner verrückten und übermütigen Art, hatte ich häufig das Gefühl, schrecklich steif und konservativ zu sein.

Da wir so verschieden waren, vermutete ich, daß uns unsere Lebenswege in verschiedene Richtungen führen würden, sobald wir erwachsen waren. Ich hatte fast recht. Von dem Tag an, an dem mein Onkel starb, glaubte ich, daß ich einen ähnlichen Tod erleiden, früh an einer Krankheit sterben würde. Deshalb arbeitete ich wie ein Besessener und wappnete mich innerlich gegen den Krebs. Ich konnte seinen Atem fühlen. Ich wußte, daß er mich heimsuchen würde. Ich wartete darauf wie ein Verurteilter auf den Henker wartet.

Und ich hatte recht. Er kam.

Aber er verfehlte mich.

Er traf meinen Bruder.

Dieselbe Art Krebs wie mein Onkel. Die Bauchspeicheldrüse. Eine seltene Art. Und deshalb war es der Jüngste unserer Familie, der junge Mann mit dem blonden Haar und den haselnußbraunen Augen, der sich der Chemotherapie und der Strahlentherapie unterziehen mußte. Sein Haar fiel aus, sein Gesicht wurde so hager wie ein Skelett. *Eigentlich sollte ich das sein,* dachte ich. Aber mein Bruder war nicht ich, und es war auch nicht mein Onkel. Er war ein Kämpfer. Das war er schon als Kind gewesen, als wir im Keller miteinander rangen und er allen Ernstes durch das Leder meines Schuhs durchbiß, bis ich vor Schmerz aufschrie und ihn losließ.

Und so begann sein Kampf gegen die Krankheit. Er kämpfte gegen sie in Spanien, wo er lebte, mit Hilfe einer experimentellen Droge, die in den Vereinigten Staaten nicht erhältlich war – und es bis heute nicht ist. Er flog in verschiedene Städte Europas, um sich behandeln zu lassen. Nachdem er fünf Jahre lang in Behandlung gewesen war, schien es, als würde das Medikament die Krankheit zurückdrängen.

Das war die gute Nachricht. Die schlechte Nachricht war, daß mein Bruder mich nicht in seiner Nähe haben wollte – weder mich, noch sonst irgend jemanden aus der Familie. So sehr wir auch darauf drängten, mit ihm zu telefonieren und ihn zu besuchen, er hielt uns immer auf Abstand, bestand darauf, daß er diesen Kampf allein ausfechten mußte. Monate vergingen, ohne daß wir auch nur ein einziges Wort von ihm hörten. Botschaften auf seinem Anrufbeantworter wurden nicht beantwortet. Ich war zerrissen von Schuldgefühlen wegen der Dinge, die ich für ihn tun wollte und sollte, und voll Zorn darüber, daß er uns das Recht verweigerte, es zu tun.

Also stürzte ich mich erneut in die Arbeit. Ich arbeitete, weil das etwas war, was ich kontrollieren konnte. Ich arbeitete, weil Arbeit vernünftig und verantwortungsbewußt war. Und jedesmal, wenn ich bei meinem Bruder in Spanien anrief und nur das Band des Anrufbeantworters hörte – die spanische Ansage meines Bruders war ein weiteres Zeichen dafür, wie weit wir uns voneinander entfernt hatten –, legte ich auf und arbeitete noch ein wenig mehr. Vielleicht ist das der Grund, warum ich mich zu Morrie hingezogen fühlte. Er erlaubte mir eine Nähe, die mein Bruder mir nie gestattete.

Im nachhinein denke ich, daß Morrie dies vielleicht die ganze Zeit über wußte.

Irgendein Winter in meiner Kindheit, auf einem tief verschneiten Hügel in unserer vorstädtischen Nachbarschaft. Mein Bruder und ich sitzen auf dem Schlitten, ich vorn, er hinten. Ich spüre sein Kinn auf meiner Schulter und seine Füße in meinen Kniekehlen.

Der Schlitten rumpelt über vereiste Stellen. Wir werden immer schneller, während wir den Hügel hinabsausen.

»AUTO!« schreit jemand. Wir sehen es kommen, unten auf der Straße. Wir schreien und versuchen, den Schlitten in eine andere Richtung zu lenken, aber die Kufen bewegen sich nicht. Der Fahrer schlägt auf die Hupe und tritt auf die Bremse, und wir tun, was alle Kinder tun: Wir springen ab. In unseren Parkas mit den Kapuzen rollen wir wie Baumstämme den kalten, nassen Schnee hinunter und denken, daß das nächste, was uns berührt, der harte Gummi eines Autoreifens sein wird. Wir schreien, und wir zittern vor Angst, während wir uns immer wieder drehen, die Welt steht auf dem Kopf, alles ist von unten nach oben gekehrt, wirbelt um uns herum.

Und dann – nichts. Wir hören auf zu rollen, holen Atem und wischen den tropfenden Schnee von unseren Gesichtern. Der Fahrer fährt weiter die Straße hinunter, droht mit dem Finger. Wir sind in Sicherheit. Unser Schlitten ist still und leise in eine Schneewehe gerutscht, und unsere Freunde kommen angelaufen, klopfen uns auf die Schultern und sagen: »Cool« und: »Ihr hättet dabei draufgehen können.«

Ich grinse meinen Bruder an, und ein kindischer Stolz verbindet uns. So schlimm war es ja gar nicht, denken wir, und wir sind bereit, dem Tod erneut ins Gesicht zu schauen.

Der sechste Dienstag

Wir reden über Gefühle

Ich ging an dem Berglorbeer und an dem japanischen Ahorn vorbei und dann die blauen Marmorstufen zu Morries Haus hinauf. Die weiße Regenrinne hing wie ein Augenlid über der Eingangstür. Ich schellte und wurde nicht von Connie begrüßt, sondern von Morries Frau, Charlotte, einer grauhaarigen schönen Frau, die mit angenehmer, rhythmischer Stimme sprach. Sie war nicht oft zu Hause, wenn ich vorbeikam – Morries Wunsch entsprechend arbeitete sie weiterhin –, und ich war überrascht, sie an diesem Morgen zu sehen.

»Morrie hat heute ein bißchen Schwierigkeiten«, sagte sie. Sie starrte einen Moment lang über meine Schulter hinweg ins Weite und ging dann in Richtung Küche.

»Das tut mir leid«, sagte ich.

»Nein, nein, er freut sich bestimmt, dich zu sehen«, sagte sie rasch. »Ich bin sicher...«

Sie unterbrach sich mitten im Satz, drehte ihren Kopf leicht zur Seite, horchte auf irgend etwas. Dann fuhr sie fort:

»Ich bin sicher...' daß er sich besser fühlen wird, wenn er weiß, daß du hier bist.«

Ich nahm die Tragetaschen vom Supermarkt hoch. »Mein üblicher Proviant«, sagte ich im Spaß, und sie lächelte besorgt.

»Da ist ja schon soviel Essen. Er hat von dem, was du letztes Mal mitbrachtest, nichts angerührt.«

Dies überraschte mich.

»Er hat nichts davon gegessen?« fragte ich.

Sie öffnete den Kühlschrank, und ich sah die Behälter mit Hühnersalat, Vermicelli, Gemüse, gefülltem Kürbis – alles Lebensmittel, die ich für Morrie mitgebracht hatte. Sie öffnete den Gefrierschrank, und da war sogar noch mehr.

»Morrie kann die meisten dieser Sachen nicht essen. Sie sind zu hart für ihn, um sie zu schlucken. Er muß jetzt weiche und flüssige Dinge zu sich nehmen.«

»Aber er hat nie etwas gesagt«, erwiderte ich.

Charlotte lächelte. »Er möchte deine Gefühle nicht verletzen.«

»Es hätte meine Gefühle nicht verletzt. Ich wollte ihm nur irgendwie helfen. Ich meine, ich wollte ihm nur etwas mitbringen...«

»Du *bringst* ihm etwas mit. Er freut sich auf deine Besuche. Er redet davon, daß er dieses Projekt mit dir machen wird, daß er sich konzentrieren und sich die Zeit nehmen muß. Ich denke, das gibt ihm ein Gefühl von Zielstrebigkeit...«

Wieder hatte sie jenen geistesabwesenden Blick, als sei sie in einer anderen Welt. Ich wußte, daß Morries Nächte immer schwieriger wurden, daß er nicht durchschlafen konnte, und das bedeutete, daß auch Charlotte häufig nicht durchschlief. Manchmal lag Morrie wach im Bett und hustete stundenlang – so lange dauerte es, bis der Schleim sich löste. Die ganze Nacht waren jetzt Krankenpfleger bei ihm, und tagsüber kamen dann all die Besucher, frühere Studenten, Kollegen, Meditationslehrer, ein ständiges Kommen und Gehen. An einigen Tagen hatte Morrie ein halbes Dutzend Gäste, und sie waren häufig auch da, wenn Charlotte von der Arbeit zurückkam. Sie akzeptierte es geduldig, obwohl all diese Außenstehenden ihr ihre kostbaren Minuten mit Morrie raubten.

»... ein Gefühl von Zielstrebigkeit«, wiederholte sie. »Ja. Das ist etwas Gutes, weißt du.«

»Ich hoffe es«, sagte ich.

Ich half ihr, das Essen in den Eisschrank zu stellen. Auf dem Küchentresen lagen alle möglichen Briefe, Botschaften, Informationsbroschüren, medizinische Anweisungen. Auf dem Tisch standen mehr Tablettenröhrchen als je zuvor – Selestone gegen sein Asthma, Aktivan zum Schlafen, Naproxen gegen Infektionen – zusammen mit einem pulverisierten Milchmixgetränk und Abführmitteln. Wir hörten, wie sich irgendwo am anderen Ende des Flurs eine Tür öffnete.

»Vielleicht kannst du jetzt mit ihm sprechen ... laß mich mal nachschauen.«

Charlotte warf noch einmal einen Blick auf meine Lebensmittel, und plötzlich schämte ich mich. So viele Erinnerungen an Dinge, die Morrie nie mehr genießen würde.

Die Begleiterscheinungen seiner Krankheit wurden immer
schlimmer, und als ich mich schließlich zu Morrie setzte, hustete er mehr als gewöhnlich, ein trockener, rauher Husten,
der seinen Brustkorb erschütterte und bewirkte, daß sein
Kopf nach vorn ruckte. Nach einem sehr heftigen Hustenanfall hielt er inne, schloß die Augen und atmete tief ein. Ich saß
eine Weile ruhig neben ihm, da ich annahm, er müsse sich von
der Anstrengung erholen.

»Ist das Tonband an?« fragte er plötzlich mit noch immer
geschlossenen Augen.

»Ja, ja«, antwortete ich rasch und drückte die Tasten herunter.

»Was ich jetzt mache«, fuhr er fort, die Augen noch
immer geschlossen, »ist, mich von der Erfahrung zu distanzieren.«

»Dich distanzieren?«

»Ja. Mich distanzieren. Und dies ist wichtig – nicht nur für
jemanden wie mich, der stirbt, sondern für jemanden wie
dich, der völlig gesund ist. Lerne es, dich zu distanzieren.«

Er öffnete die Augen. Er atmete aus. »Weißt du, was die
Buddhisten sagen? Halte an nichts fest, weil alles vergänglich
ist.«

»Aber hör mal«, sagte ich. »Redest du nicht ständig davon, das Leben voll auszukosten? All die guten Gefühle, all die schlechten?«

»Ja.«

»Tja, und wie soll das gehen, wenn du distanziert bist?«

»Ah. Du denkst noch, Mitch. Aber sich distanzieren bedeutet nicht, daß du die Erfahrung nicht durchleben sollst. Im Gegenteil, du erlaubst es dir, die Erfahrung voll und ganz auszuleben. Auf diese Weise bist du fähig, sie loszulassen.«

»Ich verstehe kein Wort.«

»Nimm irgendein Gefühl – Liebe zu einer Frau oder Trauer um einen Menschen, den du liebst, oder das, was ich gerade durchmache: Furcht und Schmerz durch eine tödliche Krankheit. Wenn du die Gefühle verdrängst – wenn du es dir nicht gestattest, sie wirklich zu fühlen –, dann kannst du nie an den Punkt kommen, dich von ihnen zu distanzieren, denn du bist zu sehr damit beschäftigt, dich zu fürchten. Du fürchtest dich vor dem Schmerz, du fürchtest dich vor dem Kummer. Du fürchtest dich vor der Verletzlichkeit, die es mit sich bringt, jemanden zu lieben.

Indem du dich in diese Gefühle hineinbegibst, indem du dir gestattest, wirklich in sie einzutauchen, ganz tief, und sie über deinen Kopf hinwegspülen zu lassen, spürst du sie voll und ganz. Du weißt, was Schmerz ist. Du weißt, was Liebe ist. Du weißt, was Kummer ist. Und nur dann kannst du sagen: ›Gut. Ich habe dieses Gefühl voll durchlebt. Ich erkenne es wieder. Jetzt muß ich mich einen Moment lang von ihm distanzieren.‹«

Morrie stockte und sah mich prüfend an, vielleicht um sicherzugehen, daß ich ihn richtig verstand.

»Ich weiß, du denkst jetzt, das sei nur dann sinnvoll, wenn man stirbt«, sagte er, »aber es ist genau so, wie ich es dir immer wieder sage. Wenn du lernst, wie man stirbt, dann lernst du, wie man lebt.«

Morrie redete über die Augenblicke, in denen er sich am meisten ängstigte: Wenn er fühlte, daß sich sein Brustkorb bei einem heftigen Hustenanfall verkrampfte, oder wenn er nicht wußte, woher er die Kraft für den nächsten Atemzug nehmen würde. Dies seien schreckliche Momente, sagte er, und seine ersten Gefühle seien Entsetzen, Furcht und Angst. Aber sobald er diese Emotionen wiedererkannte – der Schauder, der ihm den Rücken runterlief, der heiße Blitz, der sein Gehirn durchzuckte –, da war er fähig zu sagen: »Okay. Dies ist Furcht. Jetzt tritt ein paar Schritte zurück. Geh ein wenig auf Abstand.«

Ich dachte darüber nach, wie hilfreich ein solches Verhalten im Alltagsleben sein kann. Wie wir uns manchmal einsam fühlen bis zu dem Punkt, wo wir weinen möchten, doch wir halten die Tränen zurück, weil das von uns erwartet wird. Oder wie wir plötzlich die Liebe zu unserem Partner ganz deutlich spüren, aber nichts sagen, weil wir gelähmt sind vor Angst, was diese Worte in der Beziehung bewirken könnten.

Morries Herangehensweise war das genaue Gegenteil. Dreh den Hahn auf. Laß es zu, daß das Gefühl dich überflutet. Es wird dir nicht weh tun. Es wird dir nur helfen. Wenn du die Furcht zuläßt, wenn du sie überstreifst wie ein vertrautes Hemd, dann kannst du zu dir selbst sagen: »Okay, es ist bloß Furcht. Ich werde nicht zulassen, daß sie mich kontrolliert. Ich sehe sie als das an, was sie ist.«

Dasselbe gilt für die Einsamkeit: Du läßt los, läßt die Tränen fließen, fühlst sie voll und ganz – bist aber am Ende fähig zu sagen: »Gut, das war meine Begegnung mit der Einsamkeit. Ich fürchte mich nicht davor, mich einsam zu fühlen, aber jetzt werde ich die Einsamkeit beiseite schieben. Es gibt noch andere Gefühle auf der Welt, und ich werde diese Gefühle ebenfalls spüren.«

»Distanzier dich davon«, sagte Morrie noch einmal.

Er schloß die Augen und hustete.

Dann hustete er noch einmal.

Dann hustete er noch einmal, lauter.

Plötzlich war er fast am Ersticken. In seinen Lungen hing etwas fest. Es schien ihn zu foppen, sprang den halben Weg nach oben, fiel dann wieder herunter, raubte ihm den Atem. Er würgte, hustete dann stoßweise, schüttelte krampfhaft die Hände – mit geschlossenen Augen, wild gestikulierend, wirkte er fast besessen –, und ich fühlte, wie mir der Schweiß auf die Stirn trat. Instinktiv zog ich ihn halbwegs hoch und klopfte ihm auf den Rücken, und er hielt sich ein Papiertuch vor den Mund und spuckte einen Klumpen Schleim aus.

Das Husten hörte auf, und Morrie fiel in die Schaumkissen zurück und saugte gierig Luft in seine Lungen.

»Alles wieder okay?« fragte ich, bemüht, meine Angst zu verbergen.

»Alles wieder... okay«, flüsterte Morrie und hob einen zittrigen Finger. »Warte... eine Minute.«

Wir saßen still beieinander, bis sein Atmen wieder normal wurde. Ich fühlte den Schweiß auf meiner Kopfhaut. Er bat mich, das Fenster zu schließen; der leichte Windhauch machte ihn frösteln. Ich erwähnte nicht, daß es draußen siebenundzwanzig Grad im Schatten waren.

Schließlich sagte er flüsternd: »Ich weiß, wie ich sterben möchte.«

Ich wartete schweigend.

»Ich möchte heiter sterben. Friedlich. Nicht in der Art wie das, was eben passierte.

Und genau da kommt das Sich-Distanzieren ins Spiel. Wenn ich mitten in einem Hustenanfall, so wie ich ihn eben hatte, sterbe, dann muß ich fähig sein, mich von dem Entsetzen zu distanzieren, ich muß sagen können: ›Dies ist der Moment.‹

Ich möchte die Welt nicht in einem Zustand von Furcht und Entsetzen verlassen. Ich möchte wissen, was geschieht, es akzeptieren, zu einer Insel des Friedens gelangen und loslassen. Verstehst du?«

Ich nickte.

»Laß noch nicht los«, fügte ich rasch hinzu.

Morrie zwang sich zu einem Lächeln. »Nein. Noch nicht. Wir haben noch Arbeit vor uns.«

»Glaubst du an Reinkarnation?« frage ich.

»Vielleicht.«

»Als was würdest du gerne wiederkommen?«

»Wenn ich die Wahl hätte: eine Gazelle.«

»Eine Gazelle?«

»Ja. So graziös. So flink.«

»Eine Gazelle?«

Morrie lächelt mich an. »Findest du das seltsam?«

Ich betrachte seinen eingeschrumpften Körper, die lose Kleidung, die in Socken eingehüllten Füße, die steif auf Schaumstoffkissen ruhen, unfähig, sich zu bewegen, wie ein Gefangener in Fußeisen. Ich stelle mir eine Gazelle vor, die durch die Wüste läuft.

»Nein«, sage ich, »ich glaube, das ist überhaupt nicht seltsam.«

Der Professor II

Der Morrie, den ich und den so viele andere kannten, wäre nicht der Mann gewesen, der er war, ohne die Jahre, in denen er in einer psychiatrischen Klinik arbeitete, der *Chestnut Lodge*, die sich am Rande von Washington, D.C., befand. Dies war eine von Morries ersten Arbeitsstellen, nachdem er an der Universität von Chicago einen Magister und einen Doktor der Philosophie erworben hatte. Nachdem er sich gegen Medizin, Jura und Betriebswirtschaft entschieden hatte, war Morrie zu der Ansicht gekommen, daß die Forschung der Bereich sei, wo er etwas beitragen könnte, ohne andere auszubeuten.

Morrie bekam ein Stipendium dafür, daß er psychisch kranke Patienten beobachtete und ihre Behandlung beschrieb. Während der Gedanke heute durchaus üblich ist, hatte er in den fünfziger Jahren etwas Bahnbrechendes. Morrie sah Patienten, die den ganzen Tag lang schrien. Patienten, die die ganze Nacht lang weinten. Patienten, die ihre Unterwäsche beschmutzten. Patienten, die sich weigerten zu essen, die man festhalten, unter Medikamente setzen, intravenös ernähren mußte.

Eine Patientin, eine Frau mittleren Alters, kam jeden Tag aus ihrem Zimmer, legte sich mit dem Gesicht nach unten auf den Fliesenfußboden und blieb dort stundenlang liegen, während die Ärzte und Schwestern um sie herumgingen. Morrie sah die Szene mit Entsetzen. Er machte sich Notizen, denn das war seine Aufgabe. Jeden Tag tat die Frau dasselbe: Sie kam am Morgen aus ihrem Zimmer, legte sich auf den Fußboden, blieb bis zum Abend dort liegen, redete mit niemandem, wurde von allen ignoriert. Es machte Morrie traurig. Er begann, sich neben sie auf den Boden zu setzen, legte sich sogar neben sie, versuchte, sie aus ihrem Elend herauszureißen. Schließlich brachte er sie dazu, sich aufzusetzen und sogar in ihr Zimmer zurückzukehren. Er fand heraus, was sie mehr als alles andere wollte, nämlich dasselbe, was viele Menschen wollen – jemanden, der bemerkte, daß sie da war.

Morrie arbeitete fünf Jahre lang in *Chestnut Lodge*. Obwohl es nicht gern gesehen wurde, freundete er sich mit einigen der Patienten an, einschließlich einer Frau, die mit ihm darüber Witze machte, wieviel Glück sie habe, dort zu sein: »Weil mein Mann so reich ist, daß er es sich leisten kann. Können Sie sich vorstellen, wie es wäre, wenn ich in einer dieser billigen Klapsmühlen sein müßte?«

Eine andere Frau, die jeden anderen anspuckte, schloß Morrie in ihr Herz und nannte ihn ihren Freund. Sie redeten jeden Tag miteinander, und das Personal empfand es zumindest als ermutigend, daß jemand zu ihr durchgedrungen war. Eines Tages rannte sie weg, und Morrie wurde gebeten, dabei zu helfen, sie zurückzuholen. Sie fanden sie in einem nahe gelegenen Laden, wo sie sich im hinteren Bereich versteckte. Als Morrie hineinging, schoß sie ihm einen wütenden Blick zu.

»Also sind Sie auch einer von denen«, sagte sie giftig.

»Einer von welchen?«

»Meinen Gefängniswärtern.«

Morrie fand heraus, daß die meisten der Patienten dort in ihrem Leben zurückgewiesen und ignoriert worden waren, daß man ihnen das Gefühl vermittelt hatte, daß sie nicht existierten. Es mangelte ihnen auch an Zuwendung und Mitgefühl – Gefühle, die sich beim Personal rasch erschöpften. Viele dieser Patienten waren wohlhabend, stammten aus reichen Familien, doch der Reichtum verschaffte ihnen weder Glück noch Zufriedenheit. Dies war eine Lektion, die er nie vergaß.

Häufig neckte ich Morrie, daß er irgendwo in den sechziger Jahren steckengeblieben sei. Er antwortete, daß die Sechziger gar nicht so schlecht gewesen seien, verglichen mit den Zeiten, in denen wir jetzt lebten.

Nachdem er in der Psychiatrie gearbeitet hatte, kam er kurz vor Beginn der sechziger Jahre zum Brandeis College. Innerhalb weniger Jahre wurde der Campus zu einer Brutstätte für die kulturelle Revolution. Drogen, Sex, Rassenproblematik, Vietnamproteste. Abbie Hoffmann studierte am Brandeis College, ebenso Jerry Rubin und Angela Davis. Morrie hatte viele der »radikalen« Studenten in seinen Kursen.

Ein Grund dafür war, daß die soziologische Fakultät sich engagierte, anstatt einfach nur zu unterrichten. Sämtliche Mitglieder waren beispielsweise erbitterte Kriegsgegner. Als die Professoren erfuhren, daß Studenten, die nicht einen bestimmten Punktedurchschnitt zu halten vermochten, ihre Zurückstellung vom Wehrdienst verlieren und eingezogen werden konnten, beschlossen sie, überhaupt keine Noten mehr zu geben. Als die Verwaltung sagte: »Wenn Sie diesen Studenten keine Noten geben, dann fallen sie eben durch«, hatte Morrie eine Lösung parat: »Geben wir ihnen doch allen ein A.« Und das machten sie dann auch.

Die sechziger Jahre machten nicht nur den Campus liberaler, auch das Personal in Morries Abteilung wurde offener, angefangen mit den Jeans und Sandalen, die man jetzt bei der Arbeit trug, bis zu der Einstellung, daß das Klassenzimmer ein lebender, atmender Ort sei. Man bewertete Diskussionen höher als Vorträge, Erfahrung höher als Theorie. Man schickte Studenten in den tiefen Süden, damit sie sich für Bürgerrechtsprojekte engagierten, und in die Armenviertel der Stadt, um Feldarbeit zu leisten. Sie fuhren nach Washington, um an Protestmärschen teilzunehmen, und Morrie spielte häufig den Busfahrer für seine Studenten. Bei einem dieser Ausflüge beobachtete er leicht amüsiert, wie Frauen in fließenden Röcken und mit langen Glasketten Blumen in die Gewehre von Soldaten steckten, sich an den Händen faßten, auf den Rasen setzten und versuchten, das Pentagon durch geistige Kraft schweben zu lassen.

»Sie haben es keinen Millimeter anheben können«, erinnerte er sich später, »aber es war ein gutgemeinter Versuch.«

Einmal besetzte eine Gruppe schwarzer Studenten die Ford Hall auf dem Campus des Brandeis College, und dann hißten sie eine Flagge, auf der stand MALCOM X UNIVERSITY. In der Ford Hall befanden sich Chemielabors, und einige Verwaltungsbeamte machten sich Sorgen, daß diese Radikalen in den Kellern Bomben bastelten. Morrie wußte es besser. Er erkannte sehr klar den Kern des Problems: daß Menschen das Gefühl haben wollten, wichtig zu sein.

Mehrere Wochen lang herrschte ein Patt, und dieser Zustand hätte sogar noch länger andauern können. Doch als Morrie einmal an dem Gebäude vorbeiging, erkannte ihn einer der Studenten und rief ihm zu, er solle durchs Fenster reinkommen.

Eine Stunde später kletterte Morrie mit einer Liste der Dinge, die die Protestierenden erreichen wollten, wieder durch das Fenster hinaus. Er legte dem Präsidenten der Universität die Liste vor, und die Situation entspannte sich.

Morrie schaffte es immer wieder, Frieden zu schließen.

Am Brandeis College hielt er Kurse über Sozialpsychologie, Geisteskrankheit und Gesundheit und über Gruppenprozesse ab. Sie spielten kaum eine Rolle für das, was man heute »Karrierefähigkeiten« nennt, waren aber sehr wichtig für die »persönliche Entwicklung« der Studenten.

Und deshalb würden Jurastudenten oder Studenten der Betriebswirtschaft Morrie heute als unglaublich naiv betrachten. Wieviel Geld würden seine Studenten verdienen? Wie viele sensationelle Fälle würden sie gewinnen?

Aber andererseits – wie viele Jurastudenten oder Studenten der Betriebswirtschaft besuchen, nachdem sie ihren Abschluß gemacht haben, jemals ihre alten Professoren? Morries Studenten taten das ständig. Und in seinen letzten Monaten kehrten sie zu ihm zurück, Hunderte von ihnen, aus Boston, New York, Kalifornien, London und der Schweiz; aus den Büros großer Unternehmen und Schulprogrammen für die armen Stadtviertel. Sie riefen an. Sie schrieben. Sie reisten Hunderte von Meilen, um ihn besuchen zu können, um ein paar Worte, ein Lächeln von ihm geschenkt zu bekommen.

»Ich habe niemals wieder einen solchen Lehrer wie Sie gehabt«, sagten alle.

In der Zeit meiner Besuche bei Morrie beginne ich, Bücher über den Tod zu lesen, wie verschiedene Kulturkreise die letzte Reise betrachten. Beispielsweise gibt es einen Stamm in der nordamerikanischen Arktis, der glaubt, daß alle Dinge auf der Erde eine Seele haben, die aussieht wie die Miniatur des Körpers, in dem sie enthalten ist – daß also ein Hirsch einen winzigen Hirsch in sich hat, und ein Mann einen winzigen Mann. Wenn das große Wesen stirbt, dann lebt jene winzige Gestalt weiter. Sie kann in etwas hineinschlüpfen, das gerade in der Nähe geboren wird, oder sie kann zu einem vorübergehenden Ruheplatz im Himmel aufsteigen, in den Bauch eines großen femininen Geistes, wo sie wartet, bis der Mond sie zur Erde zurückschickt.

Manchmal, sagen sie, ist der Mond mit den Seelen der Welt so beschäftigt, daß er vom Himmel verschwindet. Deshalb gibt es mondlose Nächte. Aber am Ende kehrt der Mond immer zurück, so wie wir alle.

Das ist es, was sie glauben.

Der siebte Dienstag

Wir reden über die Furcht vor dem Älterwerden

Morrie verlor seinen Kampf. Mittlerweile wischte ihm jemand den Hintern ab.

Er reagierte darauf mit der ihm eigenen positiven Einstellung. Nicht länger fähig, hinter sich zu greifen, wenn er den Nachtstuhl benutzte, informierte er Connie über sein jüngstes Handicap.

»Wäre es dir sehr peinlich, es für mich zu machen?«

Sie sagte, nein.

Ich fand es typisch, daß er sie als erste fragte.

Es dauerte eine Weile, sich daran zu gewöhnen, gab Morrie zu, weil es in gewisser Weise eine völlige Kapitulation vor der Krankheit bedeutete. Er konnte die persönlichsten und grundlegendsten Dinge nicht mehr tun – zur Toilette gehen, sich die Nase putzen, sich die intimsten Körperteile waschen. Mit Ausnahme des Atmens und des Herunterschluckens seines Essens war er in fast allen Dingen von anderen abhängig.

Ich fragte Morrie, wie er es schaffte, sich trotz allem eine positive Lebenseinstellung zu bewahren.

»Mitch, es ist seltsam«, sagte er. »Ich bin ein unabhängiger Mensch, deshalb neige ich dazu, gegen all diese Dinge anzukämpfen – daß man mir aus dem Wagen hilft, daß jemand anders mich ankleidet. Ich schämte mich ein wenig, weil unsere Kultur uns vermittelt, daß wir uns schämen sollten, wenn wir uns nicht selbst den Hintern abwischen können. Aber dann dachte ich: *Vergiß, was die Gesellschaft sagt. Ich habe sie die meiste Zeit meines Lebens ignoriert. Ich werde mich nicht schämen. Was ist schon dabei?*

Und weißt du was? Dann ist was ganz Seltsames passiert.«

»Was denn?«

»Ich begann, meine Abhängigkeit zu *genießen*. Jetzt genieße ich es, wenn jemand mich auf die Seite dreht und Creme auf meinen Hintern reibt, damit ich keine wunden Stellen bekomme. Oder wenn man mir die Stirn abwischt oder die Beine massiert. Das ist ein wunderbares Gefühl. Ich schließe meine Augen und gebe mich völlig hin. Und es scheint mir sehr vertraut zu sein.

Es ist, als würde man wieder zu einem Kind. Da ist jemand, der dich badet. Jemand, der dich hochhebt. Jemand, der dir den Hintern abwischt. Wir alle wissen, wie man ein Kind ist. Es ist in uns drin. Für mich geht es nur darum, mich zu erinnern, wie sehr ich es genieße.

Die Wahrheit ist: Als unsere Mütter uns in den Armen hielten, uns wiegten, uns die Köpfe streichelten, da hat niemand von uns jemals genug davon bekommen. Wir alle sehnen uns in gewisser Weise danach, zu jenen Zeiten zurückzukehren, als wir völlig versorgt wurden, als man uns bedingungslose Liebe, bedingungslose Aufmerksamkeit schenkte. Die meisten von uns bekamen nicht genug davon. Ich weiß, daß zumindest ich nicht genug davon bekam.«

Ich schaute Morrie an, und plötzlich wußte ich, warum er es so genoß, wenn ich mich über ihn beugte und sein Mikrofon festklemmte oder die Kissen aufschüttelte oder ihm die Augen wischte. Eine menschliche Berührung. Mit achtundsiebzig Jahren war er ein Erwachsener, der anderen Menschen etwas gab, und ein Kind, das von anderen etwas bekam.

Später an jenem Tag redeten wir über das Älterwerden. Oder vielleicht sollte ich sagen, die Furcht vor dem Älterwerden – ein weiterer Punkt auf meiner Liste zu dem Thema: Was beunruhigt meine Generation. Auf meiner Fahrt vom Bostoner Flughafen hatte ich die Reklametafeln gezählt, auf denen junge und schöne Menschen abgebildet waren. Da war ein gutaussehender junger Mann mit einem Cowboyhut, der eine Zigarette rauchte, zwei schöne junge Frauen, die über einer Flasche Shampoo lächelten, ein mürrisch aussehendes junges Mädchen in einer Jeans, deren Reißverschluß offenstand, und eine sexy Frau in einem schwarzen Samtkleid neben einem Mann in einem Frack. Beide hielten ein Glas Scotch in der Hand.

Nicht ein einziges Mal sah ich jemanden, der älter aussah als fünfunddreißig. Ich sagte zu Morrie, daß ich bereits das

Gefühl hätte, auf der anderen Seite des Hügels zu sein, wie sehr ich mich auch bemühte, auf seinem Gipfel zu bleiben. Ich strengte mich ständig an. Achtete darauf, was ich aß. Überprüfte meinen Haaransatz im Spiegel. Während ich früher stolz gewesen war, mein Alter zu nennen – wegen all der Dinge, die ich in so jungen Jahren geschafft hatte –, erwähnte ich es mittlerweile nicht mehr, aus Angst, daß ich der Zahl vierzig und damit dem professionellen Vergessen allzu nahe gerückt war.

Morrie sah das Älterwerden unter einem positiveren Aspekt.

»All diese Verherrlichung der Jugend – da mach' ich nicht mit«, sagte er. »Hör mal, ich weiß, was für ein Elend es sein kann, jung zu sein, deshalb erzähl mir nicht, daß es so großartig sei. All diese jungen Leute, die zu mir kamen mit ihren Kämpfen, ihrem Streit, ihren Gefühlen der Unzulänglichkeit, dem Empfinden, daß das Leben elend sei, so schlimm, daß sie sich umbringen wollten ...

Und zusätzlich zu all dem Jammer sind die Jungen nicht weise. Sie verstehen sehr wenig vom Leben. Wer möchte Tag für Tag leben, wenn er nicht weiß, was wirklich läuft? Wenn die Leute dich manipulieren, dir sagen, du brauchst nur dieses Parfüm zu kaufen, und du wirst schön sein, oder dieses Paar Jeans, und du wirst sexy sein – und du ihnen glaubst! Es ist ein solcher Schwachsinn.«

»Hattest du *nie* Angst davor, alt zu werden?« fragte ich.

»Mitch, ich *nehme* das Älterwerden *an*.«

»Annehmen?«

»Es ist sehr einfach. Während du älter wirst, lernst du immer mehr dazu. Wenn du ewig zweiundzwanzig bliebest, würdest du ewig so unwissend sein, wie du mit zweiundzwanzig warst. Älterwerden bedeutet nicht bloß Verfall. Es bedeutet Wachstum. Es beinhaltet mehr als die negative Perspektive, daß du sterben wirst, es beinhaltet auch das Positive, daß du *verstehst*, daß du sterben wirst und daß du deshalb ein besseres Leben lebst.«

»Ja«, sagte ich, »aber wenn das Sterben so wertvoll ist, warum sagen die Leute dann immer: ›Ach, wenn ich doch noch mal jung wäre.‹ Du hörst die Leute nie sagen: ›Ich wünschte, ich wäre fünfundsechzig.‹«

Er lächelte. »Weißt du, worauf das hinweist? Auf ein Leben ohne Zufriedenheit. Ein Leben ohne Erfüllung. Ein Leben, in dem kein Sinn gefunden wurde. Denn wenn du einen Sinn in deinem Leben gefunden hast, dann möchtest du nicht zurückgehen. Du möchtest nach vorn gehen. Du möchtest mehr sehen, mehr tun. Du kannst es nicht erwarten, fünfundsechzig zu werden.

Es gibt da etwas, was du wissen solltest. Alle jüngeren Leute sollten das wissen. Wenn du ständig dagegen ankämpfst, älter zu werden, dann wirst du immer unglücklich sein, denn es wird sowieso geschehen. Und ... Mitch?«

Er senkte die Stimme.

»Tatsache ist, daß auch *du* irgendwann sterben wirst.«

Ich nickte.

»Es spielt keine Rolle, was du dir selbst einredest.«

»Ich weiß.«

»Aber hoffentlich«, sagte er, »erst nach einer langen, langen Zeit.«

Morrie schloß die Augen mit einem friedlichen Gesichtsausdruck und bat mich dann, ihm die Kissen hinter seinem Kopf zurechtzulegen. Sein Körper mußte immer wieder ein wenig umgebettet werden, damit er sich wohl fühlte. Mit Hilfe von weißen Kissen, gelbem Schaumstoff und blauen Handtüchern saß er einigermaßen aufrecht im Sessel. Wenn man nur flüchtig hinschaute, hatte man den Eindruck, daß Morrie per Post verschickt werden sollte.

»Danke«, flüsterte er, als ich ihm die Kissen zurechtrückte.

»Kein Problem«, sagte ich.

»Mitch. Was denkst du?«

Ich schwieg einen Moment, bevor ich antwortete. »Okay«, sagte ich. »Ich frage mich, wieso du jüngere, gesunde Leute nicht beneidest.«

»Oh, vermutlich tue ich das.« Er schloß die Augen. »Ich beneide sie darum, daß sie ins Fitneßstudio oder schwimmen gehen können. Oder tanzen. Vor allem wegen des Tanzens. Aber der Neid überkommt mich, ich spüre ihn, und dann lasse ich ihn los. Entsinnst du dich, was ich über das Sich-Distanzieren sagte? Laß es los. Sag dir: ›Das ist Neid. Ich werde mich jetzt davon trennen.‹ Und dann entferne dich davon.«

Er hustete – ein langes, kratziges Husten –, hielt ein Papiertuch an seinen Mund und spuckte schwach hinein. Während ich dort bei ihm saß, fühlte ich mich soviel stärker als er, auf lächerliche Weise stärker, als könnte ich ihn hochheben und wie einen Sack Mehl über meine Schulter werfen. Dieses körperliche Überlegenheitsgefühl beschämte mich, weil ich mich ihm in keiner anderen Hinsicht überlegen fühlte.

»Wie schaffst du es, dich daran zu hindern...«

»Was?«

»Mich zu beneiden?«

Er lächelte.

»Mitch, es ist unmöglich für die Alten, die Jungen nicht zu beneiden. Aber es geht darum, das zu akzeptieren, was du bist, und es anzunehmen. Du bist jetzt in den Dreißigern. Das ist deine Zeit. Für mich ist meine Zeit, in den Dreißigern zu sein, verstrichen, und jetzt ist es für mich an der Reihe, achtundsiebzig zu sein.

Du mußt herausfinden, was in deinem Leben, so wie es jetzt ist, gut und wahr und schön ist. Zurückzuschauen bewirkt, daß du mit anderen konkurrierst. Und was das Altern angeht, so gibt es keinen Grund, mit anderen zu konkurrieren.«

Er atmete aus und senkte die Augen, als wollte er zuschauen, wie sich sein Atem in der Luft verteilte.

»Die Wahrheit ist: Ein Teil von mir ist in jedem Alter. Ich bin ein Dreijähriger, ich bin ein Fünfjähriger, ich bin ein Siebenunddreißigjähriger, ich bin ein Fünfzigjähriger. Ich habe alle diese Altersstufen durchlebt, und ich weiß, wie das ist. Ich genieße es, ein Kind zu sein, wenn es angemessen ist, ein Kind zu sein. Ich genieße es, ein weiser alter Mann zu sein, wenn es angemessen ist, ein weiser alter Mann zu sein. Stell dir vor, was ich alles sein kann! Ich bin in jedem Alter zugleich, einschließlich meines eigenen. Verstehst du?«

Ich nickte.

»Wie kann ich neidisch auf das Alter sein, in dem du bist, wenn ich selbst in dem Alter gewesen bin?«

»Das Schicksal unterwirft
viele Arten: eine, die allein steht,
bringt sich in Gefahr.«

W. H. AUDEN,

MORRIES LIEBLINGSDICHTER

Der achte Dienstag

Wir reden über Geld

Ich hielt die Zeitung hoch, so daß Morrie sie sehen konnte:

ICH MÖCHTE NICHT, DASS AUF MEINEM GRABSTEIN STEHT:

»ICH HABE NIE EIN NETZWERK BESESSEN.«

Morrie lachte und schüttelte dann den Kopf. Die Morgensonne fiel durch das Fenster hinter ihm herein, auf die rosafarbenen Blüten des Hibiskus, der auf dem Fensterbrett stand. Das Zitat stammte von Ted Turner, dem milliardenschweren Medienmogul, dem Gründer des CNN, der über seine Unfähigkeit geklagt hatte, sich in einem unternehmerischen Megadeal das CBS-Netzwerk unter den Nagel zu reißen. Ich hatte Morrie die Geschichte an diesem Morgen gebracht, weil ich mich fragte, ob Turner, wenn er jemals in die Lage meines alten Professors käme, in einen Zustand, wo sein Atem schwand und sein Körper sich zu Stein verwandelte, während seine Tage einer nach dem anderen vom Kalender gestrichen wurden, wirklich darüber jammern würde, kein Netzwerk zu besitzen?

»Es ist alles Teil desselben Problems, Mitch«, sagte Morrie. »Es sind die falschen Dinge, denen wir einen Wert beimessen. Und das führt zu einem Leben der Leere und Desillusion. Ich denke, wir sollten darüber reden.«

Morrie konzentrierte sich voll auf unsere Arbeit. Es gab jetzt gute und schlechte Tage. Er hatte gerade einen guten Tag. Am vorigen Abend hatte ihn eine lokale Gesangsgruppe unterhalten, die in sein Haus gekommen war, und er berichtete aufgeregt darüber, als wären die *Ink Spots* höchstpersönlich bei ihm aufgetaucht. Schon bevor er krank wurde, hatte Morrie die Musik sehr geliebt, aber jetzt war diese Liebe so intensiv, daß sie ihn zu Tränen rührte. Manchmal hörte er abends Opernarien, wobei er die Augen schloß und sich den wechselnden Klängen der hinreißenden Stimmen überließ.

»Du hättest diese Gruppe gestern abend hören sollen, Mitch. Was für ein Klang!«

Morrie hatte einfache Freuden immer genossen: Singen, Lachen, Tanzen. Inzwischen hatten materielle Dinge weniger Bedeutung denn je für ihn – oder gar keine mehr. Wenn Menschen sterben, dann hört man immer: »Du kannst es nicht mitnehmen.« Morrie schien das schon seit langer Zeit zu wissen.

»In unserem Land findet eine Art Gehirnwäsche statt«, sagte Morrie seufzend. »Weißt du, wie man Menschen einer Gehirnwäsche unterzieht? Man wiederholt etwas immer und immer wieder. Und genau das tun wir in diesem Land. Dinge zu besitzen ist gut. Mehr Geld ist gut. Mehr Eigentum ist gut.

Eine stärkere kommerzielle Ausrichtung ist gut. *Mehr ist gut. Mehr ist gut.* Wir wiederholen es – und man wiederholt es uns gegenüber – immer wieder, bis niemand sich mehr die Mühe macht, etwas anderes auch nur zu denken. Der Durchschnittsmensch wird durch diese Parolen ständig eingenebelt, so daß er nicht mehr sieht, was wirklich wichtig ist.

Wo immer ich in meinem Leben hinging, traf ich Menschen, die sich etwas Neues kaufen wollten. Ein neues Auto. Ein neues Haus. Das neueste Spielzeug. Und dann wollten sie dir alle davon erzählen. ›Rat mal, was ich gekauft habe?‹

Weißt du, wie ich das immer interpretiert habe? Dies waren Menschen, die so sehr nach Liebe hungerten, daß sie einen billigen Ersatz akzeptierten. Sie klammerten sich an materielle Dinge und erwarteten von ihnen sozusagen eine liebevolle Umarmung. Aber es funktioniert nie. Du kannst Liebe oder Sanftheit oder Zärtlichkeit oder ein Gefühl der Kameradschaft nicht durch materielle Dinge ersetzen.

Geld ist kein Ersatz für Zärtlichkeit, und Macht ist kein Ersatz für Zärtlichkeit. Ich kann dir, während ich hier sitze und sterbe, versichern, daß weder Geld noch Macht dir in dem Moment, wenn du es am meisten brauchst, das Gefühl geben werden, nach dem du dich sehnst. Egal, wieviel du davon besitzt.«

Ich schaute mich in Morries Arbeitszimmer um. Es sah heute noch genauso aus wie am Tag meines ersten Besuches. Die Bücher standen an denselben Plätzen auf den Bücherborden. Die Papiere lagen auf denselben alten Schreibtischen.

Die anderen Zimmer waren auch nicht verbessert oder verschönert worden. Tatsächlich hatte Morrie seit langer Zeit, vielleicht seit Jahren, nichts Neues gekauft, außer medizinischen Geräten. An dem Tag, an dem er erfuhr, daß er an einer tödlichen Krankheit litt, verlor er das Interesse am Konsum.

Deshalb war der Fernsehapparat immer noch der alte, das Auto, das Charlotte fuhr, war immer noch dasselbe, das Geschirr und das Besteck und die Handtücher – alle diese Dinge waren dieselben. Und dennoch hatte das Haus sich so drastisch verändert. Es hatte sich mit Liebe, Unterricht und Kommunikation gefüllt. Es hatte sich mit Familie, Freundschaft, Ehrlichkeit und Tränen gefüllt. Es hatte sich mit Kollegen, Studenten, Meditationslehrern, Therapeuten und Krankenschwestern gefüllt. Es war, auf eine sehr reale Weise, reich geworden, obwohl Morries Bankkonto sich rasch leerte.

»In diesem Land herrscht eine große Verwirrung darüber, was wir wollen, im Gegensatz zu dem, was wir brauchen«, sagte Morrie. »Du *brauchst* Nahrungsmittel, um zu essen, du *möchtest* einen Schokoladeneisbecher mit Früchten. Du mußt dir selbst gegenüber ehrlich sein. Du *brauchst* den neuesten Sportwagen nicht, du *brauchst* das größte Haus nicht.

Die Wahrheit ist: Du ziehst aus jenen Dingen keine Befriedigung. Weißt du, was dich wirklich befriedigt?«

»Was?«

»Anderen das anzubieten, was du zu geben hast.«

»Du klingst wie ein Pfadfinder.«

»Ich meine nicht Geld, Mitch. Ich meine deine Zeit. Deine Fürsorge. Dein Geschichtenerzählen. Es ist nicht so schwierig. Hier in der Nähe wurde ein Seniorenzentrum eröffnet. Dutzende älterer Menschen gehen jeden Tag dorthin. Wenn du ein junger Mann oder eine junge Frau bist und ein besonderes Talent hast, dann bist du herzlich eingeladen, ebenfalls dorthin zu gehen und die alten Leute zu unterrichten. Sagen wir mal, du verstehst was von Computern. Du gehst hin und bringst ihnen bei, wie man mit Computern umgeht. Du bist dort sehr willkommen. Und sie sind sehr dankbar. So findest du allmählich zu einer immer größeren Selbstachtung: indem du etwas anbietest, was du hast.

Es gibt viele Orte, wo du das tun kannst. Du brauchst kein großes Talent zu haben. Es gibt einsame Menschen in Krankenhäusern und in Obdachlosenheimen, die sich nichts sehnlicher wünschen als ein wenig Gesellschaft. Du spielst mit einem einsamen alten Mann Karten, und du findest zu einer neuen Selbstachtung, weil du gebraucht wirst.

Erinnerst du dich daran, was ich darüber sagte, einen Sinn im Leben zu finden? Ich hab's aufgeschrieben, aber mittlerweile kann ich es auswendig: Widme dich liebevoll anderen Menschen, widme dich der Gemeinschaft, die dich umgibt, und bemühe dich, etwas zu schaffen, das deinem Leben Sinn und Bedeutung verleiht.

Wie du siehst«, fügte er grinsend hinzu, »ist an keiner Stelle von einem Gehalt die Rede.«

Ich notierte mir ein paar der Dinge, die Morrie sagte, auf

einem Notizblock. Ich tat das vor allem deshalb, weil ich nicht wollte, daß er meine Augen sah und sofort wußte, was ich dachte: daß ich seit meinem Collegeabschluß die meiste Zeit meines Lebens nach genau jenen Dingen gestrebt hatte, gegen die er wetterte – größere Spielzeuge, ein schöneres Haus. Weil ich mit reichen und berühmten Sportlern zusammen war, redete ich mir ein, daß meine Bedürfnisse realistisch wären, daß meine Gier, im Vergleich zu ihrer, belanglos sei.

Dies war Selbstbetrug. Morrie machte das unmißverständlich deutlich.

»Mitch, wenn du versuchst anzugeben, um die Leute an der Spitze zu beeindrucken, dann vergiß es. Sie werden sowieso auf dich herabschauen. Und wenn du versuchst, die Leute, die unter dir stehen, zu beeindrucken, dann vergiß es. Sie werden dich nur beneiden. Gesellschaftlicher Status wird dich nicht weiterbringen. Nur ein offenes Herz wird es dir ermöglichen, wirklich Kontakt zu anderen Menschen zu finden.«

Er schwieg einen Moment und schaute mich dann an. »Ich sterbe, ja?«

»Ja.«

»Warum, glaubst du, ist es so wichtig für mich, mir die Probleme von anderen Leuten anzuhören? Habe ich nicht selbst genug Schmerz und Kummer?

Natürlich habe ich das. Aber anderen Menschen etwas zu geben vermittelt mir ein Gefühl von Lebendigkeit. Nicht mein Auto oder mein Haus. Nicht, wie ich im Spiegel aussehe. Wenn ich jemandem meine Zeit schenke, wenn ich jemanden zum Lächeln bringen kann, nachdem er traurig war, dann fühle ich mich fast so gesund wie früher.

Tu die Dinge, die aus dem Herzen kommen. Wenn du das beherzigst, dann wirst du nicht unzufrieden, dann wirst du nicht neidisch sein, dann wirst du dich nicht nach Dingen sehnen, die jemand anders besitzt. Im Gegenteil, dann wirst du überwältigt sein von dem, was zurückkommt.«

Er hustete und griff nach der kleinen Glocke, die auf dem Sessel lag. Er bekam sie nicht zu fassen, und schließlich nahm ich sie und legte sie ihm in die Hand.

»Danke«, flüsterte er. Er schüttelte sie schwach, um Connie herbeizurufen.

»Dieser Typ, dieser Ted Turner«, sagte Morrie, »ist ihm nichts anderes eingefallen, das er auf seinen Grabstein hätte schreiben können?«

———

»Jede Nacht, wenn ich mich schlafen lege, sterbe ich.
Und am nächsten Morgen, wenn ich aufwache,
bin ich wiedergeboren.«

MAHATMA GANDHI

Der neunte Dienstag

Wir reden über die Unendlichkeit der Liebe

Die Blätter hatten begonnen, sich zu verfärben, so daß ich auf der Fahrt nach West Newton das Gefühl hatte, in einem Meer von Gold zu schwimmen. Daheim in Detroit stagnierte mittlerweile der Arbeitskampf, wobei jede Seite die andere beschuldigte, daß sie nicht bereit sei zu kommunizieren. Die Berichte in den Fernsehnachrichten waren genauso deprimierend. Im Staat Kentucky warfen drei Männer Stücke von einem Grabstein eine Brücke hinunter, zerschmetterten die Windschutzscheibe eines vorbeifahrenden Wagens und töteten ein junges Mädchen, das mit seiner Familie auf einer Pilgerfahrt war. In Kalifornien ging der O.-J.-Simpson-Prozeß seinem Ende zu, und das ganze Land schien davon besessen zu sein. Selbst auf Flughäfen hingen Fernsehmonitore, die auf CNN eingestellt waren, so daß man das Neueste über O. J. mitbekommen konnte, während man zum Gate ging.

Ich hatte mehrere Male versucht, meinen Bruder in Spanien anzurufen. Ich hinterließ Botschaften, sagte ihm, daß ich unbedingt mit ihm reden wolle, daß ich eine Menge über uns nachgedacht habe. Ein paar Wochen später fand ich eine kurze Nachricht auf dem Anrufbeantworter, die besagte, daß alles in Ordnung sei und daß es ihm leid tue, aber er habe wirklich keine Lust, darüber zu reden, daß er krank war.

Für meinen alten Professor war es nicht das Reden über die Krankheit, das ihn niederdrückte, sondern das Kranksein selbst. Seit meinem letzten Besuch hatte er einen Katheter bekommen, und seine Beine brauchten ständige Pflege. Er konnte noch immer Schmerzen empfinden, obwohl er sie nicht bewegen konnte (eine der grausamen kleinen Ironien von ALS), und wenn seine Füße nicht genau soundso viele Zentimeter über die Schaumstoffkissen hinausragten, fühlte es sich an, als steche ihn jemand mit einer Gabel. Mitten in einem Gespräch mußte Morrie seinen Besucher bitten, seinen Fuß anzuheben und ihn einen Zentimeter zu verrücken oder seinen Kopf zu verschieben, so daß er bequemer in den Kissen lag. Können Sie sich vorstellen, daß Sie nicht in der Lage sind, Ihren eigenen Kopf zu bewegen?

Bei jedem Besuch schien Morrie mehr mit seinem Sessel zu verschmelzen, wobei sein Rückgrat dessen Form annahm. Dennoch bestand er jeden Morgen darauf, aus seinem Bett gehoben, in sein Arbeitszimmer gerollt und dort zwischen seine Bücher und Papiere und den Hibiskus auf der Fensterbank plaziert zu werden. Auf seine charakteristische Art entdeckte er darin etwas Philosophisches.

»Ich habe das in meinem neuesten Aphorismus zusammengefaßt«, sagte er.

»Laß hören.«

»*Wenn du im Bett bleibst, bist du tot.*«

Er lächelte. Nur Morrie konnte über etwas Derartiges lächeln.

Er hatte von den »*Nightline*«-Leuten und von Ted Koppel selbst Anrufe bekommen.

»Sie wollen kommen und eine weitere Sendung mit mir machen«, sagte er. »Aber sie sagen, daß sie noch warten wollen.«

»Bis wann? Bis zu deinem letzten Atemzug?«

»Mag sein. So lange wird das ja nicht mehr dauern.«

»Sag das nicht.«

»Es tut mir leid.«

»Es ärgert mich, daß sie warten wollen, bis es dir richtig schlecht geht.«

»Das ärgert dich, weil du mich ein bißchen beschützen willst.«

Er lächelte. »Mitch, vielleicht benutzen sie mich für ein kleines Drama. Das ist okay. Vielleicht benutze ich sie ebenfalls. Sie helfen mir, meine Botschaft Millionen von Menschen zu übermitteln. Ich könnte das nicht ohne sie tun, richtig? Also ist es ein Kompromiß.«

Er hustete, was sich in ein langgezogenes Gurgeln verwandelte und mit einem weiteren Klumpen Schleim endete, den er in ein zerknülltes Taschentuch spuckte.

»Jedenfalls«, sagte Morrie, »habe ich ihnen gesagt, daß sie besser nicht mehr allzulange warten sollten, weil dann meine

Stimme nicht mehr da ist. Wenn diese Sache erst einmal meine Lunge erreicht, wird das Reden vielleicht unmöglich. Ich kann mittlerweile nicht mehr so lange reden, ich muß mich immer wieder ausruhen. Ich habe schon vielen Leuten abgesagt, die mich sehen wollten. Mitch, es sind so viele. Aber ich bin zu erschöpft. Wenn ich ihnen nicht meine volle Aufmerksamkeit widmen kann, dann kann ich ihnen nicht helfen.«

Ich sah zum Tonbandgerät und fühlte mich schuldig, als sei ich im Begriff, Morrie die letzten Stunden seiner kostbaren Sprechzeit zu rauben. »Sollen wir es ausfallen lassen?« fragte ich. »Macht es dich zu müde?«

Morrie schloß die Augen und schüttelte den Kopf. Er schien darauf zu warten, daß irgendein verborgener Schmerz verebbte. »Nein«, sagte er schließlich. »Du und ich, wir müssen weitermachen. Dies ist unsere letzte gemeinsame Arbeit, weißt du.«

»Unsere letzte.«

»Und die müssen wir gut hinkriegen.«

Ich dachte an unsere erste gemeinsame wissenschaftliche Arbeit, im College. Es war natürlich Morries Idee gewesen. Er sagte mir, ich sei gut genug zu schreiben – etwas, was ich nie in Erwägung gezogen hatte.

Jetzt waren wir hier und machten dasselbe noch einmal. Wir begannen mit einer Idee. Ein sterbender Mann redet mit einem lebenden Mann, er sagt ihm, was er wissen sollte. Diesmal hatte ich keine solche Eile, die Sache zu Ende zu bringen.

»Jemand hat mir gestern eine interessante Frage gestellt«, sagte Morrie jetzt, wobei er über meine Schulter hinweg auf den Wandbehang hinter mir schaute, ein Quilt voller hoffnungsvoller Botschaften, die Freunde für seinen siebzigsten Geburtstag gestickt hatten. Auf jedem Flicken des Quilts stand eine andere: HALTET DURCH, DAS BESTE KOMMT NOCH; MORRIE — IMMER NR. 1 IN GEISTIGER GESUNDHEIT!

»Was war die Frage?« fragte ich.

»Ob ich mir darüber Sorgen machen würde, daß man mich, nachdem ich gestorben bin, vergessen könnte?«

»Und? Machst du dir welche?«

»Ich glaube nicht, daß ich vergessen werde. Ich habe so viele Leute, die einen sehr engen, persönlichen Kontakt mit mir hatten. Und Liebe ist der Weg, wie du lebendig bleibst, selbst nachdem du gegangen bist.«

»Klingt wie eine Zeile aus einem Lied: ›Liebe ist der Weg, wie du lebendig bleibst!‹«

Morrie kicherte. »Vielleicht. Aber, Mitch, was ist mit all diesen Gesprächen, die wir führen? Hörst du dir jemals meine Stimme an, wenn du wieder daheim bist? Wenn du allein bist? Vielleicht im Flugzeug? Vielleicht in deinem Auto?«

»Ja«, gab ich zu.

»Dann wirst du mich nicht vergessen, nachdem ich gegangen bin. Denk an meine Stimme, und ich werde bei dir sein.«

Denk an meine Stimme.

»Und wenn du ein bißchen weinen möchtest, dann ist das okay.«

Seit damals, als ich ein Student im ersten Semester gewesen war, hatte er mich zum Weinen bringen wollen. »Irgendwann werde ich dich noch soweit haben«, sagte er oft.

»Ja, ja«, erwiderte ich dann.

»Ich habe entschieden, was auf meinem Grabstein stehen soll«, sagte er.

»Ich möchte nichts über Grabsteine hören.«

»Warum? Machen sie dich nervös?«

Ich zuckte die Achseln.

»Wir können es vergessen.«

»Nein, sag's nur. Was hast du entschieden?«

Morrie machte ein leise knallendes Geräusch mit den Lippen. »Ich dachte an: *Ein Lehrer bis zum letzten Augenblick.*«

Er wartete, während ich das in mich aufnahm.

»Ein Lehrer bis zum letzten Augenblick.«

»Gut?« sagte er.

»Ja«, sagte ich. »Sehr gut.«

Ich liebte die Art, wie Morries Gesicht aufleuchtete, wenn ich das Zimmer betrat. Er lächelte für viele Leute, aber es war sein besonderes Talent, jedem Besucher das Gefühl zu geben, daß das Lächeln einzigartig war.

»Ahhh, da kommt mein Freund«, pflegte er mit jener sanften hohen Stimme zu sagen, wenn er mich sah. Und die

Herzlichkeit hörte mit der Begrüßung nicht auf. Wenn Morrie bei dir war, war er wirklich bei dir. Er sah dir direkt in die Augen, und er hörte zu, als wärest du der einzige Mensch auf der Welt. Wieviel besser würde es den Leuten gehen, wenn ihre erste Begegnung jeden Tag auf diese Weise verliefe? Statt dessen müssen sie meist eine schlechtgelaunte Bemerkung von einer Kellnerin oder einem Busfahrer oder einem Chef über sich ergehen lassen.

»Ich glaube daran, völlig präsent zu sein«, sagte Morrie. »Das bedeutet, du solltest wirklich *bei* der Person sein, bei der du bist. Wenn ich jetzt mit dir rede, Mitch, dann versuche ich, mich ständig auf das zu konzentrieren, was zwischen uns geschieht. Ich denke nicht an das, was diesen Freitag kommt. Ich denke nicht darüber nach, noch eine weitere Sendung für Koppel zu machen oder welche Medizin ich nehmen sollte.

Ich rede mit dir. Ich denke über dich nach.«

Ich erinnerte mich daran, wie er in dem Kursus über Gruppenprozesse im Brandeis College diesen Gedanken dargestellt hatte. Ich hatte mich damals darüber lustig gemacht und gemeint, daß dies wohl kaum im regulären Lehrplan für einen Kursus an der Universität vorgesehen war. Lernen, aufmerksam zu sein? Wie wichtig konnte das sein? Jetzt weiß ich, daß es wichtiger ist als fast alles, was man uns auf dem College beibrachte.

Morrie machte mir ein Zeichen, daß ich ihm die Hand geben solle, und als ich sie ihm gab, wurde ich plötzlich von

Schuldgefühlen überwältigt. Hier war ein Mann, der, wenn er es wollte, jeden wachen Augenblick in Selbstmitleid verbringen konnte, indem er in seinem Körper den Anzeichen des Verfalls nachspürte, seine Atemzüge zählte. So viele Menschen mit weitaus geringeren Problemen sind nur mit sich selbst beschäftigt; ihre Augen verschleiern sich, wenn du länger als dreißig Sekunden mit ihnen sprichst. Sie denken bereits an etwas anderes – einen Freund, den sie anrufen wollen, ein Fax, das gesendet werden muß, einen Liebhaber, dem sie in ihren Tagträumen nachhängen. Sie widmen dir erst dann wieder ihre ganze Aufmerksamkeit, wenn du aufhörst zu reden. In dem Moment sagen sie »Hmmm« oder »Ja, wirklich« und tun so, als hätten sie dir zugehört.

»Ein Teil des Problems, Mitch, ist, daß jeder so sehr in Eile ist«, sagte Morrie. »Die Menschen haben keinen Sinn in ihrem Leben gefunden, deshalb rennen sie die ganze Zeit rastlos herum und halten danach Ausschau. Sie denken: das nächste Auto, das nächste Haus, der nächste Job. Dann entdecken sie, daß jene Dinge ebenfalls leer sind, und sie rennen weiter.«

»Wenn du einmal angefangen hast zu rennen«, sagte ich, »dann ist es schwer, das Tempo wieder zu verlangsamen.«

»Nicht so schwer«, sagte er kopfschüttelnd. »Weißt du, was ich mache? Wenn jemand sich im Verkehr an mir vorbeidrängeln wollte – als ich noch in der Lage war, Auto zu fahren, meine ich –, dann habe ich immer die Hand gehoben...«

Er versuchte, das jetzt zu tun, aber die Hand ging nur ein kleines Stück, etwa fünfzehn Zentimeter, in die Höhe.

»…habe ich immer die Hand gehoben, als wollte ich eine Drohgebärde machen, und dann gewinkt und gelächelt. Anstatt ihnen den Finger zu zeigen, läßt du sie vorbei und lächelst.

Und weißt du was? Häufig lächelten sie zurück.

Die Wahrheit ist, ich brauche mich mit meinem Wagen nicht so schrecklich zu beeilen. Ich investiere meine Energien lieber in Menschen.«

Er konnte das besser als sonst irgend jemand, den ich kannte. Diejenigen, die ihn besuchten, sahen, wie seine Augen feucht wurden, wenn sie über etwas Schreckliches sprachen, oder vor Vergnügen in tausend Fältchen verschwanden, wenn sie ihm einen richtig schlimmen Witz erzählten. Er war immer bereit, die Gefühle, die in meiner Generation der Babyboomer so häufig versteckt wurden, offen zu zeigen. Wir machen ein bißchen Konversation: »Was machen Sie?« »Wo leben Sie?« Aber *wirklich* jemandem zuzuhören – ohne zu versuchen, ihm irgend etwas zu verkaufen, ihn zu einem kleinen Abenteuer zu verführen, ihn für etwas zu werben – wie häufig schaffen wir das noch? Ich glaube, viele der Besucher, die in Morries letzten Lebensmonaten auftauchten, kamen nicht wegen der Aufmerksamkeit, die sie ihm entgegenbringen wollten, sondern wegen der Aufmerksamkeit, die er *ihnen* widmete. Trotz seiner Schmerzen und seines Verfalls hörte dieser alte Mann so gut zu, wie sie es sich ihr Leben lang von einem anderen Menschen gewünscht hatten.

Ich sagte ihm, er sei der Vater, den sich jedermann wünsche.

»Tja«, sagte er und schloß die Augen, »ich habe so einige Erfahrung, was das angeht.«

Morrie sah seinen Vater zum letzten Mal in einem städtischen Leichenschauhaus. Charlie Schwartz war ein ruhiger Mann, der gerne seine Zeitung las, und zwar allein, unter einer Straßenlaterne in der Tremont Avenue in der Bronx. Als Morrie klein war, machte Charlie jeden Abend nach dem Abendessen einen Spaziergang. Er war ein kleiner Russe mit rötlichem Teint und einem dicken, ergrauenden Haarschopf. Morrie und sein Bruder David schauten dann immer aus dem Fenster und sahen, wie ihr Vater am Laternenpfahl lehnte, und Morrie wünschte sich, daß er hereinkäme und mit ihnen redete, aber er tat es nur selten. Er deckte sie abends auch nicht zu und gab ihnen auch keinen Gutenachtkuß.

Morrie schwor sich immer wieder, daß er diese Dinge für seine eigenen Kinder tun würde, wenn er jemals welche hätte. Und Jahre später, als er tatsächlich Kinder hatte, tat er es.

Während Morrie seine eigenen Kinder großzog, wohnte Charlie noch immer in der Bronx. Er hatte noch immer die Gewohnheit, abends seinen Spaziergang zu machen. Er las noch immer die Zeitung. Eines Abends ging er nach dem

Abendessen wieder hinaus. Ein paar Straßen von seiner Wohnung entfernt stellten sich ihm zwei Straßenräuber in den Weg.

»Rück dein Geld raus«, sagte einer und zog einen Revolver.

Entsetzt warf Charlie seine Brieftasche auf den Boden und begann zu rennen. Er rannte durch die Straßen und rannte immer weiter, bis er die Stufen des Hauses eines Verwandten erreichte, wo er auf der Veranda zusammenbrach.

Herzanfall.

Er starb in jener Nacht.

Morrie wurde gerufen, um die Leiche zu identifizieren. Er flog nach New York und ging zum Leichenschauhaus. Man brachte ihn in den Keller, in den kalten Raum, wo die Leichen aufbewahrt wurden.

»Ist dies Ihr Vater?« fragte der Begleiter.

Morrie betrachtete die Leiche hinter der Glasscheibe, den Körper des Mannes, der ihn ausgescholten und geprägt hatte, der ihn gelehrt hatte zu arbeiten, der still gewesen war, wenn Morrie wollte, daß er sprach, der Morrie gesagt hatte, er solle die Erinnerungen an seine Mutter für sich behalten, als er sie mit der ganzen Welt teilen wollte.

Er nickte und ging davon. Die schreckliche Atmosphäre in diesem Raum, so erzählte er später, hatte alle seine Gefühle betäubt. Er weinte erst Tage später.

Dennoch half der Tod seines Vaters Morrie, sich auf seinen eigenen Tod vorzubereiten. Soviel jedenfalls wußte er: Es würde eine Menge Umarmungen und Küsse und Reden und Lachen geben, und kein »Auf Wiedersehen« würde ungesagt bleiben. Er wollte all die Dinge tun, die er bei seinem Vater und seiner Mutter vermißt hatte.

Wenn der letzte Augenblick kam, wollte Morrie seine Lieben um sich herum haben, und alle sollten wissen, was geschah. Niemand würde einen Anruf bekommen oder ein Telegramm oder in einem kalten und fremden Keller durch eine Glasscheibe schauen müssen.

Im südamerikanischen Regenwald lebt ein Indianerstamm, der sich Desana nennt. Die Stammesmitglieder meinen, die Welt bestehe aus einer festen Menge an Energie, die zwischen allen Geschöpfen hin- und herfließt. Jede Geburt muß deshalb einen Tod nach sich ziehen, und jeder Tod bringt eine weitere Geburt hervor. Auf diese Weise bleibt die Energie der Welt vollständig erhalten.

Wenn sie Tiere jagen, dann wissen die Desana, daß die Tiere, die sie töten, ein Loch in der spirituellen Welt hinterlassen werden. Aber das Loch wird, so glauben sie, von den Seelen der Desana-Jäger gefüllt werden, wenn sie sterben. Gäbe es keine Menschen, die sterben, dann gäbe es keine Vögel oder Fische, die geboren werden. Mir gefällt diese Idee. Morrie gefällt sie auch. Je mehr er sich dem Abschied nähert, desto mehr scheint er zu fühlen, daß wir alle Geschöpfe in demselben großen Wald sind. Was wir nehmen, müssen wir wieder auffüllen.

»Es ist nur fair«, sagt er.

Der zehnte Dienstag

Wir reden über die Ehe

Ich brachte eine Besucherin mit, die Morrie kennenlernen sollte. Meine Frau.

Er hatte mich seit dem ersten Tag, an dem ich ihn besuchte, immer wieder gefragt: »Wann lerne ich Janine kennen?« »Wann bringst du sie mit?« Ich hatte bisher immer Ausreden gefunden. Bis zu diesem Tag, als ich bei ihm anrief, um zu erfahren, wie es ihm ging.

Es dauerte eine Weile, bis Morrie am anderen Ende der Leitung war. Und als es soweit war, konnte ich hören, wie jemand mit dem Hörer hantierte und ihn an sein Ohr hielt. Morrie war nicht mehr in der Lage, einen Telefonhörer zu heben.

»Hiii«, sagte er keuchend.

»Geht's dir soweit gut, Coach?«

Ich hörte, wie er ausatmete. »Mitch... deinem Coach... geht's heute nicht so besonders...«

Er brauchte jetzt fast jede Nacht Sauerstoff, und seine Hustenanfälle waren mittlerweile beängstigend. Ein Hustenanfall konnte eine Stunde dauern, und er wußte niemals, ob er überhaupt enden würde. Er hatte immer wieder gesagt, er würde sterben, wenn die Krankheit seine Lunge erreichte. Ich erschauderte, als ich daran dachte, wie nahe der Tod war.

»Ich sehe dich dann am Dienstag«, sagte ich. »Dann wird's dir bestimmt bessergehen.«

»Mitch?«

»Ja?«

»Ist deine Frau bei dir?«

Sie saß neben mir.

»Hol sie an den Apparat. Ich möchte ihre Stimme hören.«

Tja, ich bin mit einer Frau verheiratet, die weitaus offener und freundlicher ist als ich. Obwohl sie Morrie nie zuvor kennengelernt hatte, nahm sie den Hörer – ich hätte den Kopf geschüttelt und geflüstert: »Ich bin nicht hier! Ich bin nicht hier!« – und innerhalb einer Minute war sie meinem alten Professor so nahe, als hätten sie einander seit der Collegezeit gekannt. Das war zu spüren, obwohl ich an meinem Ende der Leitung nichts anderes hörte als: »Hmm... Mitch hat mir gesagt... oh, danke...«

Als sie auflegte, sagte sie: »Das nächste Mal komme ich mit.«

So einfach war das.

Jetzt saßen wir in seinem Büro, rechts und links von seinem verstellbaren Sessel. Morrie flirtete ein wenig. Zwar mußte er sich oft unterbrechen, um zu husten oder den Nachtstuhl zu benutzen, aber mit Janine im Zimmer schien er neue Energiereserven gefunden zu haben. Er schaute sich Fotos von unserer Hochzeit an, die Janine mitgebracht hatte.

»Du bist aus Detroit?« sagte Morrie.

»Ja«, antwortete Janine.

»Ich habe Ende der vierziger Jahre ein Jahr lang in Detroit unterrichtet. Mir fällt dazu eine lustige Geschichte ein.«

Er unterbrach sich, um sich die Nase zu putzen. Als er mit dem Papiertaschentuch herumfummelte, hielt ich es fest, und er schnaubte matt hinein. Ich drückte es leicht gegen seine Nasenflügel und zog es dann weg, wie eine Mutter, die ihrem Kind hilft, das neben ihr im Kindersitz sitzt.

»Danke, Mitch.« Er sah Janine an. »Mein Helfer – genau das ist er.«

Janine lächelte.

»Also. Meine Geschichte. An der Universität gab es eine Gruppe von Soziologen, und wir spielten häufig Poker mit anderen Mitgliedern des Lehrpersonals, und dazu gehörte auch ein Chirurg. Eines Abends, nach dem Spiel, sagte er: ›Morrie, ich möchte mal sehen, wie du arbeitest.‹ Ich sagte: ›Ja, in Ordnung.‹ Also kam er in einen meiner Kurse und sah zu, wie ich unterrichtete.

Nachdem der Unterricht vorbei war, sagte er: ›Also gut, hättest du Lust, zuzusehen, wie ich arbeite? Ich habe heute abend eine Operation.‹ Ich wollte mich revanchieren, deshalb sagte ich: ›Ja, in Ordnung.‹

Er nahm mich mit zum Krankenhaus. Er sagte: ›Desinfizier dir die Hände, binde dir einen Mundschutz um, und zieh dir einen Kittel an.‹ Und als nächstes stand ich direkt neben ihm am Operationstisch. Und da lag diese Frau, die Patientin, auf dem Tisch, von der Taille an nackt. Und er nahm ein Messer und machte einen Schnitt – einfach so! Tja…«

Morrie hob einen Finger und ließ ihn kreisen.

»…und genau so wurde mir plötzlich zumute. Ich war drauf und dran, ohnmächtig zu werden. All das Blut. Igitt! Die Schwester neben mir sagte: ›Was ist los, Doktor?‹ und ich sagte: ›Ich bin, verdammt nochmal, kein Doktor! *Bringt mich hier raus!*‹«

Wir lachten, und Morrie lachte ebenfalls, soweit seine eingeschränkte Atmung es zuließ. Es war, soweit ich mich erinnern konnte, das erstemal seit Wochen, daß er eine solche Geschichte erzählt hatte. Wie seltsam, dachte ich, daß er einmal fast ohnmächtig geworden wäre, bloß weil er bei einer Operation zusah, und jetzt schaffte er es so gut, seine eigene Krankheit zu ertragen.

Connie klopfte an die Tür und sagte, daß Morries Mittagessen fertig sei. Es waren nicht die Möhrensuppe, der Gemüsekuchen und die griechische Pasta, die ich an jenem Morgen von *Bread and Circus* mitgebracht hatte. Zwar bemühte ich mich jetzt, nur weiche Lebensmittel zu kaufen, aber Morrie war dennoch zu schwach, sie zu beißen und zu schlucken. Er aß vor allem flüssige Ersatznahrung, in die manchmal ein Kleiemuffin getunkt wurde, bis er weich und leicht verdaulich war. Charlotte pürierte inzwischen fast alles, und er nahm sein Essen durch einen Strohhalm zu sich.

Ich kaufte noch immer jede Woche ein und tauchte mit großen Plastiktüten auf, die ich ihm stolz vorzeigte, aber es ging mir dabei mehr um seinen Gesichtsausdruck als um sonst irgend etwas. Wenn ich den Kühlschrank öffnete, sah ich jede Menge Behälter. Vermutlich hoffte ich, daß wir eines Tages wieder gemeinsam ein richtiges Mittagessen essen würden und ich zusehen könnte, wie er redete, während er kaute, wobei kleine Essensstückchen aus seinem Mund fielen. Dies war natürlich eine ziemlich kindische Hoffnung.

»Also ... Janine«, sagte Morrie.

Sie lächelte.

»Du bist hübsch. Gib mir deine Hand.«

Sie tat es.

»Mitch sagt, du bist professionelle Sängerin.«

»Ja«, sagte Janine.

»Er meint, du bist großartig.«

»Oh«, erwiderte sie lachend. »Nein. Das sagt er nur so.«

Morrie runzelte die Stirn. »Würdest du mir etwas vor-singen?«

Also – ich habe Leute das zu Janine sagen hören, seit ich sie kenne. Wenn Leute entdecken, daß dein Beruf das Singen ist, sagen sie immer: »Sing uns doch was vor.« Da sie voller Zweifel ist, was ihr Talent angeht, und eine Perfektionistin im Hinblick auf äußere Bedingungen, hat Janine es niemals ge-tan. Sie lehnte jedesmal höflich ab. Und das war die Reak-tion, die ich auch jetzt erwartete.

In dem Augenblick begann sie zu singen:

»The very thought of you
and I forget to do
the little ordinary things
that everyone ought to do ...«

Es war ein Lied aus den dreißiger Jahren, geschrieben von Ray Noble, und Janine sang es sehr liebevoll und schaute Morrie dabei direkt in die Augen. Ich war wieder einmal erstaunt über seine Fähigkeit, Menschen Gefühle zu entlocken, die sie sonst nicht preisgeben. Morrie schloß die Augen, um die Klänge in sich aufzunehmen. Als die liebevolle Stimme meiner Frau den Raum füllte, erschien ein breites Lächeln auf seinem Gesicht. Und obwohl sein Körper so unbeweglich war wie ein Sandsack, konnte man fast sehen, wie er darin tanzte.

»I see your face in every flower,
your eyes in stars above,
it's just the thought of you,
the very thought of you,
my love ...«

Als sie zu Ende gesungen hatte, öffnete Morrie die Augen, und Tränen rollten ihm die Wangen hinunter. In all den Jahren habe ich meine Frau noch nie so singen gehört wie in jenem Augenblick.

Ehe. Fast jeder, den ich kannte, hatte ein Problem damit. Einige hatten Probleme reinzukommen, andere hatten Probleme rauszukommen. Meine Generation schien mit den Verpflichtungen, die die Ehe mit sich brachte, zu kämpfen, als wäre sie ein Alligator in irgendeinem modrigen Sumpf. Ich hatte mich daran gewöhnt, bei Hochzeiten dem Paar zu gratulieren, und dann den Bräutigam ein paar Jahre später mit einer jüngeren Frau, die er mir als eine Freundin vorstellte, im Restaurant sitzen zu sehen. »Weißt du, ich habe mich von Sowieso getrennt...«, sagte er dann.

Warum haben wir solche Probleme? Ich fragte Morrie danach. Da ich sieben Jahre lang gewartet hatte, bevor ich um Janines Hand anhielt, fragte ich mich, ob Leute meines Alters vorsichtiger waren als die, die vor uns kamen, oder einfach nur egoistischer?

»Tja, deine Generation tut mir leid«, sagte Morrie. »In dieser Kultur ist es sehr wichtig, eine liebevolle Beziehung zu finden, weil es so vieles darin gibt, was lieblos ist. Aber die armen jungen Leute von heute – entweder sind sie zu egoistisch, um eine wirklich liebevolle Beziehung aufzubauen, oder sie stürzen sich in die Ehe, und dann, sieben Monate später, lassen sie sich wieder scheiden. Sie wissen nicht, was sie von einem Partner wollen. Sie wissen nicht, wer sie selbst sind – woher sollten sie wissen, wen sie heiraten?«

Er seufzte. Morrie hatte in seinen Jahren als Professor viele unglückliche Liebende beraten. »Es ist traurig, denn es ist sehr wichtig, einen Menschen zu haben, den man liebt.

Das wird dir vor allem bewußt, wenn du in einer Situation bist wie ich, wenn es dir nicht so gutgeht. Freunde sind großartig, aber Freunde werden in der Nacht, in der du hustest und jemand Stunde um Stunde mit dir aufbleiben muß, um dich zu trösten und dir zu helfen, nicht dasein.«

Charlotte und Morrie, die sich als Studenten kennengelernt hatten, waren vierundvierzig Jahre verheiratet. Jetzt beobachtete ich sie, wie sie miteinander umgingen, wenn sie ihn an seine Medizin erinnerte oder hereinkam und seinen Hals streichelte oder über einen ihrer Söhne redete. Sie waren ein perfektes Team, brauchten häufig nicht mehr als einen Blick, um zu wissen, was der andere dachte. Charlotte war ein eher zurückhaltender Mensch, anders als Morrie, aber ich wußte, wie sehr er sie respektierte. Wenn wir uns unterhielten, sagte er manchmal: »Charlotte ist vielleicht nicht einverstanden, wenn ich darüber rede« und beendete das Gespräch. Das waren die wenigen Male, wo Morrie etwas zurückhielt.

»Das jedenfalls habe ich über die Ehe gelernt«, sagte er jetzt. »Du wirst auf den Prüfstand gestellt. Du findest heraus, wer du bist, wer der andere ist, und wie ihr miteinander auskommt oder auch nicht.«

»Gibt es irgendeine Regel, um zu wissen, ob eine Ehe funktionieren wird?«

Morrie lächelte. »Die Dinge sind nicht so einfach, Mitch.«

»Ich weiß.«

»Freilich«, sagte er, »gibt es für die Liebe und die Ehe ein paar Regeln, von denen ich weiß, daß sie wahr sind. Wenn du den anderen nicht respektierst, dann wirst du eine Menge Probleme haben. Wenn du nicht weißt, wie man Kompromisse schließt, dann wird es schwierig werden. Wenn du nicht offen darüber reden kannst, was zwischen euch abläuft, dann wirst du ebenfalls große Schwierigkeiten bekommen. Und wenn ihr im Leben nicht bestimmte gemeinsame Werte habt, dann werdet ihr beide jede Menge Probleme haben. Eure Werte müssen ähnlich sein.«

»Und welches ist der wichtigste jener Werte, Mitch?«

»Euer Glaube an die *Wichtigkeit* eurer Ehe.«

Er schniefte und schloß dann einen Moment die Augen.

»Ich persönlich«, sagte er seufzend mit noch immer geschlossenen Augen, »glaube, daß es sehr wichtig ist zu heiraten, und daß du sehr viel verpaßt, wenn du es nicht versuchst.«

Er beendete das Thema, indem er die Gedichtzeile zitierte, an die er wie an ein Gebet glaubte: »Liebt einander oder geht zugrunde.«

»Okay. Ich habe eine Frage«, sage ich zu Morrie. Seine knochigen Finger halten seine Brille an seiner Brust fest, die sich mit jedem mühseligen Atemzug hebt und senkt.

»Wie lautet die Frage?« sagt er.

»Erinnerst du dich an das Buch Hiob?«

»Aus der Bibel?«

»Genau. Hiob ist ein guter Mann, aber Gott läßt ihn leiden, um seinen Glauben zu testen.«

»Ich erinnere mich.«

»Er nimmt ihm alles weg, was er hat, sein Haus, sein Geld, seine Familie ...«

»Seine Gesundheit.«

»Schlägt ihn mit Krankheit.«

»Um seinen Glauben zu testen.«

»Genau. Deshalb frage ich mich ... — was du darüber denkst.«

Morrie hustet heftig. Seine Hände zittern, als er sie an seine Seiten fallen läßt.

»Ich denke«, sagt er lächelnd, »daß Gott es übertrieben hat.«

Der elfte Dienstag

Wir reden über unsere Kultur

»Klopf fester.«

Ich klopfte auf Morries Rücken.

»Fester.«

Ich klopfte noch einmal.

»In der Nähe seiner Schultern... jetzt ein bißchen weiter unten.«

Morrie, der nur eine Pyjamahose anhatte, lag auf der Seite im Bett, mit offenem Mund, den Kopf auf einem flachen Kissen. Die Physiotherapeutin zeigte mir, wie man das Gift in seinen Lungen locker klopfte – was er jetzt regelmäßig brauchte, damit es sich nicht verfestigte und er weiterhin atmen konnte.

»Ich... hab' immer gewußt, ...daß du mich... schlagen wolltest«, keuchte Morrie.

»Ja«, sagte ich im Scherz, als ich mit der Faust gegen die alabasterfarbene Haut seines Rückens schlug. »Dies ist für das B, das du mir damals im ersten Studienjahr verpaßt hast! *Klopf!*«

Wir alle lachten, es war Galgenhumor. Die Szene hätte durchaus amüsant sein können, war aber in dieser Situation eher makaber. Morries Krankheit war jetzt gefährlich nahe an seinen Schwachpunkt, seine Lunge, vorgedrungen. Er hatte vorausgesagt, daß er durch Ersticken sterben würde, und ich konnte mir keine schrecklichere Todesart vorstellen. Manchmal schloß er die Augen und versuchte, die Luft tief in seinen Mund und seine Nasenlöcher zu saugen, und es sah aus, als versuchte er, einen Anker zu heben.

Draußen herrschte Anorakwetter. Es war Anfang Oktober, die Blätter lagen in großen, zusammengeklumpten Haufen auf den Rasenflächen herum. Morries Physiotherapeutin war vor mir gekommen, und normalerweise entschuldigte ich mich diskret, wenn Krankenschwestern oder Ärzte sich mit ihm befaßten. Aber während die Wochen verstrichen und unsere Zeit auslief, waren mir diese körperlichen Dinge immer weniger peinlich. Ich wollte bei ihm sein. Ich wollte alles beobachten. Dies war ganz und gar nicht typisch für mich, aber schließlich waren auch viele andere Dinge nicht typisch für mich, die in diesen letzten Monaten in Morries Haus geschehen waren.

Also sah ich zu, wie die Therapeutin Morrie im Bett bearbeitete, ihm auf den Rücken klopfte und fragte, ob er fühlen könne, wie der Schleim sich in ihm löste. Und als sie eine Pause machte, fragte sie, ob ich es auch einmal versuchen wolle. Morrie, das Gesicht auf dem Kissen, lächelte ein wenig.

»Nicht zu fest«, sagte er. »Ich bin ein alter Mann.«

Ich trommelte auf seinen Rücken und seine Seiten, bewegte meine Hände so, wie die Therapeutin es mir zeigte. Ich haßte die Vorstellung, daß Morrie im Bett lag – sein letzter Aphorismus: »Wenn du im Bett bleibst, bist du tot«, klang mir noch in den Ohren. Und wie er so zusammengekrümmt auf der Seite lag, war er so klein, so eingeschrumpft, daß sein Körper mehr der eines Jungen als der eines Mannes war. Ich sah die Blässe seiner Haut, die weißen Haarsträhnen, sah, wie seine Arme schlaff und hilflos herunterhingen. Ich dachte daran, wieviel Zeit wir damit verbringen, unseren Körper zu formen, Gewichte zu heben, Sit-ups zu machen, und am Ende wird er uns von der Natur ohnehin wieder weggenommen. Unter meinen Fingern fühlte ich das lose Fleisch auf Morries Knochen, und ich klopfte sehr fest, so, wie man es mir gesagt hatte. Die Wahrheit ist, ich hämmerte auf seinen Rücken, während ich eigentlich Lust gehabt hätte, gegen die Wände zu hämmern.

»Mitch?« keuchte Morrie, und seine Stimme klang so ruckartig wie ein Preßlufthammer, während ich sein Fleisch bearbeitete.

»Ja?«

»Wann ... hab' ich ... dir ... ein B... gegeben?«

Morrie glaubte an das Gute in allen Menschen. Aber er sah auch, was aus ihnen werden konnte.

»Menschen sind nur böse, wenn sie bedroht werden«,

sagte er später an jenem Tag, »und genau das ist es, was in unserer Kultur passiert. Das ist es, was unsere Wirtschaft bewirkt. Selbst die, die in unserem Wirtschaftssystem einen Job haben, fühlen sich bedroht, weil sie sich Sorgen machen, ihn zu verlieren. Und wenn du bedroht wirst, dann beginnst du, dich nur noch um dich selbst zu kümmern. Das Geldverdienen wird für dich zu einem Götzen. Es ist alles Teil dieser Kultur.«

Er atmete aus. »Und das ist der Grund dafür, warum ich mich ihr nicht unterwerfe.«

Ich nickte ihm zu und drückte seine Hand. Wir hielten uns jetzt regelmäßig an den Händen. Dies war wieder etwas Neues für mich. Dinge, die mich zuvor verlegen gemacht oder peinlich berührt hätten, waren jetzt etwas Alltägliches. Der Katheterbeutel, der mit dem Schlauch in Morrie verbunden und mit einer grünlichen Ausscheidungsflüssigkeit gefüllt war, lag unten am Sessel neben meinem Fuß. Ein paar Monate zuvor hätte ich mich vielleicht geekelt; jetzt war es bedeutungslos. Genauso bedeutungslos war der Geruch des Zimmers, nachdem Morrie den Nachtstuhl benutzt hatte. Der Luxus, sich von einem Ort zum anderen zu bewegen, die Badezimmertür hinter sich zu schließen, Raumspray hinter sich zu versprühen, wenn er wieder hinausging, war ihm mittlerweile versagt. Da war sein Bett, da war sein Sessel, und das war sein Leben. Ich möchte bezweifeln, daß es bei mir, wenn man mein Leben in einen solchen Fingerhut hineingezwängt hätte, besser gerochen hätte.

»Genau das meine ich, wenn ich davon rede, daß du deine eigene kleine Subkultur aufbauen mußt«, sagte Morrie. »Ich meine nicht, daß du jede Regel deiner Gemeinschaft mißachten sollst. Ich laufe beispielsweise nicht nackt herum. Ich fahre nicht über rote Ampeln. Die kleinen Dinge – da kann ich mich anpassen. Aber die großen – was wir denken, was wir wertschätzen –, bei denen mußt du selbst die Entscheidung treffen. Du darfst es nicht zulassen, daß irgend jemand – oder irgendeine Gesellschaft – das für dich festlegt.

Nimm beispielsweise meinen Zustand. Die Dinge, die mir jetzt peinlich sein sollten – daß ich nicht laufen kann, daß ich mir nicht den Hintern abwischen kann, daß ich am Morgen manchmal aufwache und weinen möchte –, an denen ist im Grunde nichts Peinliches oder Beschämendes.

Dasselbe gilt für Frauen, die nicht dünn genug, oder Männer, die nicht reich genug sind. Das sind bloß die Dinge, die unsere Kultur dir einreden will. Glaub sie nicht.«

Ich fragte Morrie, warum er nicht in ein anderes Land gezogen sei, als er jünger war.

»Wohin?«

»Ich weiß es nicht. Südamerika. Neuguinea. Irgendwohin, wo die Leute nicht so egoistisch sind wie in Amerika.«

»Jede Gesellschaft hat ihre eigenen Probleme«, erwiderte Morrie und hob die Augenbrauen, was bei ihm ein Achselzucken bedeutete. »Es geht, glaube ich, nicht darum wegzulaufen. Du mußt daran arbeiten, deine eigene Kultur zu erschaffen.

Schau mal, unabhängig davon, wo du lebst, ist der größte Defekt, an dem wir Menschen leiden, unsere Kurzsichtigkeit. Wir sehen nicht, was wir sein *könnten*. Eigentlich sollten wir unser Potential erkennen und es ausschöpfen können. Aber wenn du umgeben bist von Menschen, die sagen: ›Ich will jetzt haben, was mir zusteht, und zwar sofort‹, dann endest du mit ein paar Leuten, die alles haben, und einer Armee, die die Armen daran hindert, etwas davon zu stehlen.«

Morrie sah über meine Schulter hinweg zum Fenster hinter mir. Manchmal konnte man einen vorbeifahrenden Lastwagen oder einen Windstoß hören. Er starrte einen Moment auf die Häuser seiner Nachbarn und fuhr dann fort.

»Das Problem, Mitch, besteht darin, daß wir uns nicht klar darüber sind, daß alle Menschen einander sehr ähneln. Weiße und Schwarze, Katholiken und Protestanten, Männer und Frauen. Wenn wir mehr diese Ähnlichkeiten sehen würden, dann würden wir vielleicht in dieser Welt zu einer großen menschlichen Familie zusammenwachsen wollen und uns um jene Familie genauso wie um unsere eigene kümmern.

Wenn du stirbst, dann wird dir diese Ähnlichkeit ganz deutlich. Wir haben alle denselben Anfang – die Geburt – und wir haben alle dasselbe Ende – den Tod. Wie verschieden können wir also sein?

Investiere deine Kraft in die menschliche Familie. Investiere in Menschen. Bilde eine kleine Gemeinschaft jener Menschen, die du liebst und die dich lieben.«

Er drückte sanft meine Hand. Ich drückte fester zurück. Und wie beim »Haut-den-Lukas« auf dem Jahrmarkt, wo man einen Hammer schlägt und zuschaut, wie die Scheibe die Stange hochsteigt, konnte ich fast sehen, wie meine Körperwärme in Morries Brustkorb und seinen Hals und in seine Wangen und Augen stieg. Er lächelte.

»Am Anfang des Lebens, wenn wir kleine Kinder sind, brauchen wir andere zum Überleben, nicht wahr? Und am Ende des Lebens, wenn du so wirst wie ich, dann brauchst du andere zum Überleben, nicht wahr?«

Seine Stimme sank zu einem Flüstern. »Aber das Geheimnis ist: Dazwischen brauchen wir die anderen ebenfalls.«

Später an jenem Nachmittag gingen Connie und ich ins Schlafzimmer, um uns das Urteil der Geschworenen im O.-J.-Simpson-Prozeß anzuschauen. Die Szene knisterte vor Anspannung, als die Hauptpersonen sich alle der Jury zuwandten, Simpson in seinem blauen Anzug, umgeben von seiner kleinen Armee von Rechtsanwälten, wobei die Staatsanwälte, die ihn hinter Gittern sehen wollten, nur wenig mehr als einen Meter von ihm entfernt standen. Als der Obmann das Urteil – »Nicht schuldig« – verlas, schrie Connie auf.

»Oh, mein Gott!«

Wir sahen zu, wie Simpson seine Rechtsanwälte umarmte. Wir hörten zu, wie die Kommentatoren zu erklären versuchten, was das Urteil bedeutete. Wir sahen, wie Gruppen von Schwarzen in den Straßen vor dem Gericht feierten und wie Gruppen von Weißen wie gelähmt in Restaurants saßen. Die Entscheidung wurde als sehr bedeutsam begrüßt, obwohl Tag für Tag Morde geschehen. Connie ging hinaus. Sie hatte genug gesehen.

Ich hörte, wie sie die Tür zu Morries Arbeitszimmer hinter sich schloß. Ich starrte auf das Fernsehgerät. *Alle Menschen auf der Erde schauen sich das an*, sagte ich zu mir selbst. Dann hörte ich aus dem anderen Zimmer an den Geräuschen, daß Morrie aus seinem Sessel gehoben wurde, und ich lächelte. Während der »Jahrhundertprozeß« sein dramatisches Ende erreichte, saß mein alter Professor auf der Toilette.

Wir haben 1979, in der Turnhalle des Brandeis College findet ein Basketballspiel statt. Das Team spielt gut, und die Fans der Studenten stimmen einen Singsang an: »Wir sind Nummer eins! Wir sind Nummer eins!« Morrie sitzt in der Nähe. Die Anfeuerungsrufe machen ihn nervös. Plötzlich, als wieder: »Wir sind Nummer eins!« ertönt, springt er auf und ruft: »Was ist verkehrt daran, Nummer zwei zu sein?«

Die Studenten sehen ihn an. Sie verstummen. Er setzt sich, lächelnd und triumphierend.

Die Fernsehaufnahmen III

Das »*Nightline*«-Team fand sich zum dritten und letzten Mal in Morries Haus ein. Die Stimmung während der Aufnahmen war jetzt eine ganz andere. Weniger wie bei einem Interview, mehr wie bei einem traurigen Abschied. Ted Koppel hatte mehrmals angerufen, bevor er kam, und Morrie gefragt: »Glaubst du, daß du es schaffst?«

Morrie war nicht sicher, ob er es schaffen würde. »Ich bin jetzt die ganze Zeit müde, Ted. Und häufig bleiben mir die Worte im Hals stecken. Wenn ich etwas nicht herausbringen kann, wirst du es dann für mich sagen?«

Koppel erwiderte, das sei kein Problem. Und dann fügte der normalerweise stoische Moderator hinzu: »Wenn du es nicht machen möchtest, Morrie, dann ist das völlig in Ordnung. Ich werde auf jeden Fall kommen und mich von dir verabschieden.«

Später grinste Morrie schelmisch und sagte: »Ich komme allmählich an ihn ran.« Und das tat er tatsächlich. Koppel sprach jetzt von Morrie als von »einem Freund«. Mein alter

Professor hatte es geschafft, sogar der Fernsehbranche Mitgefühl zu entlocken.

Für das Interview, das an einem Freitagnachmittag stattfand, trug Morrie dasselbe Hemd, das er am Tag zuvor getragen hatte. Er wechselte zu diesem Zeitpunkt die Hemden nur jeden zweiten Tag, und dies war nicht der zweite Tag, warum also sollte er die Routine brechen?

Anders als bei den beiden vorangegangenen Koppel-Schwartz-Sitzungen wurde dieses Interview von Anfang bis Ende in Morries Arbeitszimmer durchgeführt, wo Morrie mittlerweile zu einem Gefangenen seines Sessels geworden war. Koppel, der meinen alten Professor auf beide Wangen küßte, als er ihn erblickte, mußte sich jetzt zwischen Bücherbord und Stuhl quetschen, um von der Kamera erfaßt zu werden.

Bevor sie begannen, fragte Koppel nach dem Fortschreiten der Krankheit. »Wie schlimm ist es, Morrie?«

Morrie hob schwach eine Hand, die halbe Strecke bis zu seinem Bauch. Weiter schaffte er es nicht.

Koppel hatte seine Antwort.

Die Kamera surrte. Das dritte und letzte Interview wurde gemacht. Koppel fragte, ob Morrie, jetzt, da der Tod so nahe war, mehr Angst hätte. Morrie verneinte, um die Wahrheit zu sagen, er habe weniger Angst. Er sagte, er sei im Begriff, einen Teil der äußeren Welt loszulassen, er ließe sich nicht mehr so viel aus der Zeitung vorlesen, widme seiner Post nicht mehr so viel Aufmerksamkeit und höre sich statt dessen häufiger Musik an oder schaue durch sein Fenster zu, wie die Blätter die Farbe wechselten.

Wie Morrie wußte, gab es auch andere Menschen, die an ALS litten. Einige von ihnen waren berühmt, wie Stephen Hawking, der brillante Physiker und Autor von »Eine kurze Geschichte der Zeit«. Er lebte mit einem Loch im Hals, sprach durch einen Computersynthesizer, tippte Worte, indem er die Augenlider bewegte, während ein Sensor die Bewegung auffing.

Dies war bewundernswert, aber es war nicht die Art, wie Morrie leben wollte. Er sagte Koppel, er wisse, wann es Zeit sei, sich zu verabschieden.

»Für mich, Ted, bedeutet Leben, daß ich auf den anderen Menschen eingehen kann. Es bedeutet, daß ich meine Emotionen und meine Gefühle zeigen kann. Rede mit ihnen. Fühl mit ihnen...«

Er atmete aus. »Wenn das weg ist, dann ist Morrie weg.«

Sie redeten wie Freunde. So wie in den vorigen beiden Interviews fragte Koppel nach dem »alten Hintern-Abwisch-Test« – möglicherweise auf eine humorvolle Antwort hoffend. Morrie war sogar zum Lächeln zu müde. Er schüttelte den Kopf. »Wenn ich auf dem Nachtstuhl sitze, dann kann ich mich nicht mehr aufrecht halten. Ich kippe ständig nach vorne, deshalb muß man mich festhalten. Wenn ich fertig bin, muß man mir den Hintern abwischen. So weit ist es schon.«

Er sagte Koppel, er wolle in einem Zustand heiterer Gelassenheit sterben. Er gab seinen jüngsten Aphorismus zum besten: »Laß nicht zu schnell los, aber krall dich auch nicht zu lange fest.«

Koppel nickte bekümmert. Nur sechs Monate waren zwischen der ersten »*Nightline*«-Show und dieser vergangen, aber es war offensichtlich, daß Morries Körper zerstört war. Er hatte vor Millionen von Zuschauern einen Verfallsprozeß durchgemacht; dies war die Miniserie eines Todes. Aber während sein Körper verfiel, leuchtete sein Charakter um so heller.

Gegen Ende des Interviews holte die Kamera Morrie ganz nahe heran – Koppel war nicht mehr im Bild, nur seine Stimme war zu hören. Er fragte, ob mein alter Professor irgend etwas hätte, was er den Millionen von Menschen, deren Herzen er berührt hatte, sagen wollte. Obwohl Koppel dies nicht beabsichtigt hatte, mußte ich unwillkürlich an einen Verurteilten denken, den man bittet, seine letzten Worte zu sprechen.

»Habt Mitgefühl«, flüsterte Morrie, »und übernehmt Verantwortung füreinander. Wenn wir nur diese Lektionen lernten, dann wäre diese Welt ein so viel besserer Ort.«

Er atmete ein und fügte dann sein Mantra hinzu: »Liebt einander oder geht zugrunde.«

Das Interview war zu Ende. Aber aus irgendeinem Grund ließ der Kameramann den Film weiterlaufen, und eine letzte Szene wurde festgehalten.

»Das haben Sie gut gemacht«, sagte Koppel.

Morrie lächelte schwach.

»Ich hab' Ihnen alles gegeben, was ich hatte«, flüsterte er.

»Das tun Sie immer.«

»Ted, diese Krankheit greift meinen Geist an. Aber sie wird meinen Geist nicht kriegen. Sie wird meinen Körper kriegen. Sie wird meinen Geist *nicht* kriegen.«

Koppel war den Tränen nahe. »Das haben Sie gut gemacht.«

»Glauben Sie?« Morrie verdrehte die Augen in Richtung Decke. »Mittlerweile bin ich soweit, mit Ihm da oben zu schachern. Ich frage ihn: ›Werde ich auch einer von den Engeln sein?‹«

Es war das erstemal, daß Morrie zugab, mit Gott zu reden.

Der zwölfte Dienstag

Wir reden über Vergebung

»Vergebt euch selbst, bevor ihr sterbt. Dann vergebt anderen.«

Dies war ein paar Tage nach dem *»Nightline«*-Interview. Der Himmel war regenverhangen und dunkel, und Morrie lag unter einer Wolldecke. Ich saß am Fußende des Sessels, hielt seine nackten Füße. Sie waren schwielig und zusammengekrümmt, und seine Zehennägel waren gelb. Ich hatte eine kleine Flasche Lotion, und ich drückte etwas von der Flüssigkeit in meine Hände und begann, seine Fußgelenke zu massieren.

Dies war noch etwas, was ich seine Pfleger seit Monaten hatte tun sehen, und jetzt, da ich versuchte, soviel wie möglich von ihm festzuhalten, hatte ich mich erboten, es selbst zu machen. Morrie konnte noch nicht mal mehr mit den Zehen wackeln, spürte aber noch immer Schmerzen und Massagen halfen, sie zu lindern. Natürlich gefiel es Morrie auch, gehalten und berührt zu werden. Und zu diesem Zeitpunkt war ich bereit, alles zu tun, was ich konnte, um ihm eine Freude zu machen.

»Mitch«, sagte er, das Thema »Vergebung« wieder aufgreifend. »Es ist sinnlos, Rachegefühle zu hegen oder mit dem Kopf durch die Wand zu gehen. Diese Dinge« – er seufzte – »diese Dinge sind etwas, was ich wirklich bereue. Stolz. Eitelkeit. Warum tun wir die Dinge, die wir tun?«

Meine Frage war, ob es wichtig sei, anderen zu vergeben. Ich hatte diese Filme gesehen, wo das Familienoberhaupt auf dem Totenbett liegt und nach seinem Sohn ruft, mit dem er lange im Streit lag, damit er Frieden mit ihm schließen kann, bevor er geht. Ich fragte mich, ob das bei Morrie auch so war, ob er auch diesen Impuls hatte, bevor er starb zu sagen: »Es tut mir leid.«

Morrie nickte: »Siehst du diese Skulptur da?« Er neigte den Kopf in Richtung einer Büste, die an der Wand seines Büros hoch oben auf einem Regal stand. Ich hatte sie nie zuvor bemerkt. Es war die Bronzebüste eines Mannes von Anfang Vierzig, der ein Halstuch trug und dem eine Haarsträhne in die Stirn fiel.

»Das bin ich«, sagte Morrie. »Ein Freund von mir hat das vor vielleicht dreißig Jahren geschaffen. Sein Name war Norman. Wir haben damals sehr viel Zeit miteinander verbracht. Wir gingen schwimmen. Wir fuhren nach New York. Er lud mich in sein Haus in Cambridge ein, und dort gestaltete er diese Büste von mir. Es dauerte mehrere Wochen, bis sie fertig war, aber er wollte es unbedingt perfekt machen.«

Ich betrachtete das Gesicht. Wie seltsam, einen dreidimensionalen Morrie zu sehen, so gesund, so jung, der von oben auf uns herabschaute, während wir redeten. Sogar in Bronze gegossen hatte er einen verschmitzten Ausdruck, und ich dachte, sein Freund habe wohl auch etwas von seinem Temperament eingefangen.

»Tja, und dann kommt der traurige Teil der Geschichte«, sagte Morrie. »Norman und seine Frau zogen fort, nach Chicago. Ein wenig später hatte meine Frau, Charlotte, eine ziemlich schwere Operation. Norman und seine Frau haben nie mit uns Kontakt aufgenommen, obwohl sie davon gewußt haben. Charlotte und ich waren sehr verletzt, weil sie nie anriefen, um zu erfahren, wie es ihr ging. Deshalb ließen wir die Beziehung fallen.

Im Laufe der Jahre begegnete ich Norman gelegentlich, und er versuchte immer wieder, sich mit mir zu versöhnen, aber ich akzeptierte es nicht. Ich war mit seiner Erklärung nicht zufrieden. Ich war stolz. Ich schüttelte ihn ab.«

Es schnürte ihm die Kehle zusammen.

»Mitch ... vor ein paar Jahren ... starb er an Krebs. Ich bin so traurig darüber. Ich hab' es nie geschafft, ihn zu besuchen. Ich bin nie dazu gekommen, ihm zu vergeben. Es schmerzt mich jetzt so sehr ...«

Er weinte wieder, ein sanftes und stilles Weinen, und da sein Kopf schräg nach hinten lag, rollten die Tränen seitlich an seinen Wangen herunter, bevor sie seine Lippen erreichten.

»Tut mir leid«, sagte ich.

»Braucht es nicht«, flüsterte er. »Tränen sind okay.«

Ich fuhr fort, Lotion in seine leblosen Zehen zu massieren. Er weinte ein paar Minuten, allein mit seinen Erinnerungen.

»Es sind nicht nur die anderen, denen wir vergeben müssen«, flüsterte er. »Wir müssen auch uns selbst vergeben.«

»Uns selbst?«

»Ja. Für all das, was wir nicht getan haben. All die Dinge, die wir hätten tun sollen. Du kannst nicht in der Reue darüber, was hätte geschehen sollen, steckenbleiben. Das hilft dir nicht, wenn du dorthin kommst, wo ich bin.

Ich habe mir immer gewünscht, daß ich mehr aus meinen Talenten gemacht hätte; ich wünschte, ich hätte mehr Bücher geschrieben. Ich hab' mich deswegen immer schrecklich kritisiert. Jetzt sehe ich, daß das überhaupt keinen Sinn hatte und keinem nützte. Schließ Frieden. Du mußt mit dir selbst und mit den Menschen in deiner Umgebung Frieden schließen.«

Ich beugte mich zu ihm hinüber und tupfte ihm die Tränen mit einem Taschentuch ab. Morrie öffnete und schloß seine Augen. Sein Atem war deutlich hörbar, wie ein leichtes Schnarchen.

»Vergib dir selbst. Vergib anderen. Warte nicht, Mitch. Nicht jedem wird soviel Zeit gewährt wie mir. Nicht jeder hat so viel Glück.«

Ich warf das Papiertuch in den Papierkorb und wandte mich wieder seinen Füßen zu. Glück? Ich drückte meinen

Daumen in sein verhärtetes Fleisch, und er spürte es nicht einmal.

»Die Spannung zwischen den Gegensätzen, Mitch. Erinnerst du dich daran? Kräfte, die in verschiedene Richtungen ziehen?«

»Ich erinnere mich.«

»Ich trauere darüber, daß meine Zeit zur Neige geht, aber ich nutze die Chance, die ich dadurch bekomme, die Dinge in Ordnung zu bringen.«

Wir saßen eine Weile lang ganz ruhig da, während der Regen gegen die Scheiben klatschte. Der Hibiskus hinter seinem Kopf hielt sich noch immer.

»Mitch«, flüsterte Morrie.

»Hmmm?«

Ich rollte seine Zehen eifrig zwischen meinen Fingern.

»Schau mich an.«

Ich schaute auf und sah seinen Ausdruck höchster Aufmerksamkeit in seinem Gesicht.

»Ich weiß nicht, warum du zu mir zurückgekommen bist. Aber ich möchte dir dies eine sagen...«

Er schwieg und rang nach Worten.

»Hätte ich noch einen Sohn haben können, dann hätte ich gern dich gehabt.«

Ich senkte die Augen, knetete das sterbende Fleisch seiner Füße zwischen meinen Fingern. Einen Augenblick lang bekam ich Angst, als würde ich, wenn ich seine Worte akzeptierte, auf irgendeine Weise meinen eigenen Vater verraten.

Aber als ich aufschaute, sah ich Morrie unter Tränen lächeln, und ich wußte, daß dieses Gefühl nichts mit Verrat zu tun hatte.

Das einzige, wovor ich mich fürchtete, war, »Auf Wiedersehen« zu sagen.

»Ich habe mir einen Platz ausgesucht, wo ich begraben werden möchte.«

»Und wo?«

»Nicht weit von hier. Auf einem Hügel, unter einem Baum, von wo aus man auf einen Teich hinabschauen kann. Sehr friedlich. Ein guter Platz, um zu denken.«

»Hast du vor, dort nachzudenken?«

»Ich hab' vor, dort tot zu sein.«

Er kichert. Ich kichere.

»Wirst du mich besuchen?«

»Besuchen?«

»Einfach kommen und reden. Am besten an einem Dienstag. Du kommst immer an Dienstagen.«

»Wir sind Dienstagsleute.«

»Richtig. Dienstagsleute. Also, du kommst, um zu reden?«

Er ist so rasch so schwach geworden.

»Schau mich an«, sagt er.

Ich schaue ihn an.

»Wirst du zu meinem Grab kommen? Um mir deine Probleme zu erzählen?«

»Meine Probleme?«

»Ja.«

»Und du wirst mir Antworten geben?«

»Ich werde dir geben, was ich kann. Tue ich das nicht immer?«

Ich stelle mir sein Grab vor, auf dem Hügel, mit Aussicht auf den Teich, ein kleines Stück Land, wo sie ihn hineinlegen werden, ihn mit Erde bedecken und einen Stein darauf setzen werden. Vielleicht in ein paar Wochen? Vielleicht in ein paar Tagen? Ich sehe mich dort allein sitzen, die Arme auf den Knien gekreuzt, ins Weite schauend.

»Es wird nicht dasselbe sein«, sage ich, »wenn ich nicht in der Lage bin, dich reden zu hören.«

»Ah, reden . . .«

Er schloß die Augen und lächelte.

»Ich will dir was sagen. Wenn ich tot bin, redest du. Und ich werde zuhören.«

Der dreizehnte Dienstag

Wir reden über den perfekten Tag

Morrie wollte verbrannt werden. Er hatte das mit Charlotte besprochen, und sie hatten entschieden, daß es das beste sei. Sie hatten Al Axelrad, ein Rabbi vom Brandeis College und langjähriger Freund, ausgewählt, den Begräbnisgottesdienst zu leiten. Al war gekommen, um Morrie zu besuchen, und dieser erzählte ihm von seinen Plänen, sich verbrennen zu lassen.

»Und ... Al?«

»Ja?«

»Paß bitte auf, daß sie mich ordentlich schmoren.«

Der Rabbi war wie vom Donner gerührt. Aber Morrie war mittlerweile fähig, über seinen Körper Witze zu machen. Je mehr er sich dem Ende näherte, desto mehr betrachtete er ihn als eine bloße Hülle, einen Behälter der Seele. Er schrumpelte ohnehin zu einem Haufen nutzloser Haut und Knochen zusammen und das machte es leicht, ihn loszulassen.

»Wir fürchten uns schrecklich vor dem Anblick des Todes«, sagte Morrie, als ich mich hinsetzte. Ich befestigte das

Mikrofon an seinem Kragen, aber es kippte immer wieder herunter. Morrie hustete. Er hustete jetzt ständig.

»Neulich las ich ein Buch. Sobald jemand im Krankenhaus stirbt, hieß es dort, zieht das Personal die Bettücher über den Kopf des Toten, rollt die Leiche zu irgendeiner Rutsche und schubst sie hinunter. Man kann es nicht erwarten, sie aus den Augen zu haben. Die Leute verhalten sich, als wäre der Tod ansteckend.«

Ich fummelte mit dem Mikrofon herum. Morrie schaute auf meine Hände.

»Er ist nicht ansteckend, weißt du. Der Tod ist so natürlich wie das Leben. Er ist ein Teil des Handels, den wir abgeschlossen haben.«

Er hustete noch einmal, und ich trat einen Schritt zurück und wartete, ständig darauf gefaßt, daß etwas Schlimmes geschah. Morrie hatte in letzter Zeit schlimme Nächte gehabt. Erschreckende Nächte. Er konnte nur wenige Stunden hintereinander schlafen, bevor heftige Hustenanfälle ihn aufweckten. Dann kamen die Krankenschwestern ins Zimmer gerannt, klopften ihm auf den Rücken, versuchten, das Gift zu lösen. Selbst wenn er dann wieder normal atmen konnte – »normal« bedeutete, mit Hilfe des Sauerstoffgeräts –, bewirkte der Kampf, daß er den ganzen nächsten Tag erschöpft war.

Der Sauerstoffschlauch befand sich jetzt in seiner Nase. Ich haßte den Anblick. Für mich symbolisierte er Hilflosigkeit. Ich hätte ihn am liebsten herausgezogen.

»Gestern nacht...«, sagte Morrie leise.

»Ja? Gestern nacht…?«

»… hatte ich einen schrecklichen Anfall. Er dauerte Stunden. Und ich war wirklich nicht sicher, ob ich es schaffen würde. Kein Atem. Endlose Erstickungsanfälle. Irgendwann begann ich, mich schwindlig zu fühlen… und dann spürte ich einen gewissen Frieden, ich spürte, daß ich bereit war zu gehen.«

Seine Augen weiteten sich. »Mitch, es war ein unglaubliches Gefühl. Ich akzeptierte, was geschah, und hatte ein Gefühl von tiefem Frieden. Ich dachte über einen Traum nach, den ich in der letzten Woche hatte. In dem Traum überquerte ich eine Brücke und ging in etwas Unbekanntes hinein. Ich war bereit, weiterzugehen und das anzunehmen, was als nächstes kommt.«

»Aber du hast es nicht getan.«

Morrie wartete einen Augenblick. Er schüttelte matt den Kopf. »Nein. Aber ich hatte das Gefühl, ich *könnte* es. Verstehst du? Das ist etwas, wonach wir alle suchen. Ein Gefühl des Friedens bei der Vorstellung zu sterben. Wenn wir am Ende wissen, daß wir jenen Frieden finden können, wenn wir sterben, dann werden wir das tun können, was das wirklich Schwierige ist.«

»Und das wäre?«

»Frieden mit dem Leben zu schließen.«

Er sagte, er wolle den Hibiskus anschauen, der hinter ihm auf dem Fensterbrett stand. Ich nahm den Topf herunter und hielt ihn vor seinen Augen in die Höhe. Er lächelte.

»Es ist natürlich zu sterben«, sagte er noch einmal. »Wir machen nur deshalb ein solches Theater darum, weil wir uns nicht als einen Teil der Natur betrachten. Wir denken, weil wir Menschen sind, stünden wir über der Natur.«

Er lächelte in Richtung der Pflanze.

»Aber so ist es nicht. Alles, was geboren wird, stirbt.« Er sah mich an.

»Akzeptierst du das?«

»Ja.«

»Gut«, flüsterte er, »also, jetzt erzähl' ich dir was über den Vorteil, den wir haben. Über den Punkt, in dem wir uns tatsächlich von all den wunderbaren Pflanzen und Tieren unterscheiden.

Solange wir einander lieben können und uns an dieses Gefühl der Liebe erinnern können, können wir sterben, ohne jemals wirklich fortzugehen. All die Liebe, die du geschaffen hast, ist noch immer da. Alle Erinnerungen sind noch immer da. Du lebst weiter – in den Herzen aller Menschen, die du berührt hast und denen du Gutes getan hast, während du hier warst.«

Seine Stimme war rauh, was gewöhnlich bedeutete, daß er eine Weile mit dem Reden aufhören mußte. Ich stellte die Pflanze auf das Fensterbrett zurück und schickte mich an, das Tonbandgerät auszuschalten. Morrie sagte noch einen Satz, bevor ich den Schalter drückte:

»Der Tod beendet dein Leben, nicht eine Beziehung.«

Es war ein neues Medikament zur Behandlung von ALS gefunden worden, das gerade zugelassen wurde. Es war kein Heilmittel, aber es zögerte den Tod hinaus, konnte möglicherweise den Verfall ein paar Monate hinauszögern. Morrie hatte davon gehört, aber er war schon zu krank. Im übrigen würde die Medizin erst in einigen Monaten erhältlich sein.

»Nicht für mich«, sagte Morrie.

Während der ganzen Zeit, in der er krank war, hegte Morrie niemals die Hoffnung, daß er geheilt werden würde. Er war absolut realistisch. Wenn es jemanden gäbe, so fragte ich ihn einmal, der ihn durch ein Wunder gesund machen könnte – würde er dann wieder der Mann werden, der er zuvor gewesen war?

Er schüttelte den Kopf. »Ich könnte keinesfalls zurückkehren. Ich bin jetzt ein ganz anderer Mensch. Ich bin ein anderer, was meine Einstellung betrifft. Ich habe es gelernt, meinen Körper zu schätzen, was ich zuvor nicht in solchem Maße getan habe. Ich befasse mich jetzt intensiv mit den großen Fragen des Lebens, den letzten Fragen, die uns niemals loslassen.

Das ist das Entscheidende, weißt du. Wenn du erst einmal mit diesen wichtigen Fragen in Berührung gekommen bist, dann kannst du dich nicht mehr von ihnen abwenden.«

»Und welches sind die wichtigen Fragen?«

»So wie ich es sehe, haben sie mit Liebe, Verantwortung, Spiritualität und Bewußtheit zu tun. Und wenn ich heute gesund wäre, dann wären sie noch immer meine Themen. Sie hätten es schon sehr viel früher sein sollen.«

Ich versuchte, mir Morrie gesund vorzustellen. Ich versuchte, mir vorzustellen, wie er die Decken von seinem Körper zog und aus dem Sessel aufstand, wie wir beiden dann in der Nachbarschaft einen Spaziergang machten, so wie wir damals auf dem Campus spazierengingen. Plötzlich wurde ich mir bewußt, daß es sechzehn Jahre her war, daß ich ihn zum letzten Mal stehen gesehen hatte. Sechzehn Jahre?

»Was wäre, wenn du einen Tag hättest, an dem du völlig gesund wärest?« fragte ich. »Was würdest du tun?«

»Vierundzwanzig Stunden?«

»Vierundzwanzig Stunden?«

»Warte mal... ich würde morgens aufstehen, meine Gymnastik machen, mit Tee und süßen Brötchen gemütlich frühstücken. Dann würde ich schwimmen gehen und meine Freunde bitten, mich zu besuchen. Ich würde nur einen oder zwei gleichzeitig kommen lassen, damit wir über ihre Familien, ihre Probleme reden können und darüber, wieviel wir einander bedeuten.

Danach würde ich in einem Garten spazierengehen, in dem ein paar Bäume wachsen, ich würde die Farben in mich aufnehmen, die Vögel betrachten, die Natur, die ich jetzt so lange nicht gesehen habe.

Am Abend würden wir alle zusammen in ein Restaurant gehen und dort ein tolles Nudelgericht essen, oder vielleicht ein bißchen Ente – ich liebe Ente –, und dann würden wir die ganze Nacht durchtanzen. Ich würde mit all den wunderbaren Tanzpartnerinnen da draußen tanzen, bis ich erschöpft bin. Und dann würde ich nach Haus gehen und in einen tiefen, erholsamen Schlaf fallen.«

»Das ist alles?«

»Das ist alles.«

Es war so einfach. So durchschnittlich. Ich war im Grunde ein wenig enttäuscht. Ich hatte vermutet, daß er nach Italien fliegen oder mit dem Präsidenten zu Mittag essen oder am Strand herumtollen oder alles Exotische, das ihm in den Sinn kam, ausprobieren würde. Nach all diesen Monaten, in denen er dort im Sessel oder im Bett lag, unfähig, ein Bein oder einen Fuß zu bewegen – wie konnte er da in einem so durchschnittlichen Tag vollkommene Zufriedenheit finden?

Dann erkannte ich, daß das genau der Punkt war.

Bevor ich an jenem Tag fortging, fragte Morrie, ob *er* ein Thema zur Sprache bringen könnte.

»Dein Bruder«, sagte er.

Ich erschauderte. Ich weiß nicht, woher Morrie wußte, daß mich dieses Thema ständig beschäftigte. Ich hatte seit Wochen versucht, meinen Bruder in Spanien anzurufen und dann von einem seiner Freunde erfahren, daß er in regelmäßigen Abständen nach Amsterdam flog, um dort in ein Krankenhaus zu gehen.

»Mitch, ich weiß, daß es weh tut, wenn du mit jemandem, den du liebst, nicht zusammensein kannst. Aber du mußt es lernen, seine Wünsche zu akzeptieren. Vielleicht möchte er nicht, daß du dein Leben unterbrichst. Vielleicht kann er mit einer solchen Belastung nicht fertig werden. Ich sage jedem, den ich kenne, daß er mit seinem normalen Leben weitermachen soll. ›Du darfst es nicht deshalb ruinieren‹, sage ich, ›weil ich sterbe‹.«

»Aber er ist mein Bruder«, wandte ich ein.

»Ich weiß«, sagte Morrie. »Deshalb tut es weh.«

Vor meinem geistigen Auge sah ich Peter, als er acht Jahre alt war, sah sein lockiges blondes Haar, das wie feuchte Wolle auf seinem Kopf klebte. Ich sah uns, wie wir im Garten miteinander rauften, wobei das feuchte Gras die Knie unserer Jeans durchweichte. Ich sah ihn vor dem Spiegel Lieder singen, wobei er eine Bürste als Mikrofon vor sich hinhielt, und ich sah, wie wir uns in die Dachkammer zwängten, wo wir uns als Kinder immer versteckten und die Geduld unserer Eltern testeten, die uns zum Abendessen an den Tisch holen wollten.

Und dann sah ich ihn als den Erwachsenen, der sich innerlich von uns entfernt hatte, dünn und zerbrechlich, das Gesicht ausgezehrt von der Chemotherapie.

»Morrie«, sagte ich, »warum will er mich nicht sehen?«

Mein alter Professor seufzte. »Es gibt keine festen Vorschriften für Beziehungen. Sie müssen auf liebevolle Weise ausgehandelt werden, und man muß Raum darin lassen für beide Parteien, für das, was sie wollen und was sie brauchen, was sie tun können und wie ihr Leben verläuft.

Im Geschäftsleben verhandeln die Leute, um zu gewinnen. Sie verhandeln, um das zu bekommen, was sie wollen. Vielleicht bist du allzusehr an ein solches Vorgehen gewöhnt. Liebe ist anders. Liebe bedeutet, daß dir die Situation eines anderen Menschen genauso am Herzen liegt wie deine eigene.

Du hattest diese ganz besonderen Zeiten mit deinem Bruder, und jetzt fehlt dir, was du damals hattest. Du willst sie zurückhaben. Du willst, daß sie nie aufhören. Aber das ist ein Aspekt des Menschseins. Hör auf, erneuere, hör auf, erneuere.«

Ich sah ihn an. Ich sah all den Tod auf der Welt. Ich fühlte mich hilflos.

»Du wirst einen Weg zurück zu deinem Bruder finden«, sagte Morrie.

»Woher weißt du das?«

Morrie lächelte. »Du hast mich gefunden, oder?«

———

»Neulich habe ich eine hübsche kleine Geschichte gehört«, sagt Morrie. Er schließt für einen Moment die Augen, und ich warte.

»Okay, in der Geschichte geht es um eine kleine Welle, die auf der Oberfläche des Ozeans entlanghüpft und unglaublich viel Spaß hat. Sie genießt den Wind und die frische Luft, bis sie bemerkt, daß vor ihr noch andere Wellen sind, die alle an der Küste zerschellen.«

»Mein Gott, das ist ja schrecklich«, sagt die Welle. »Wenn ich mir vorstelle, was mit mir passieren wird!«

Da kommt eine andere Welle vorbei. Sie sieht die erste Welle, die grimmig dreinschaut, und fragt: »Warum siehst du so traurig aus?«

Die erste Welle sagt: »Du verstehst überhaupt nicht, was los ist! Wir werden allesamt an der Küste zerschellen! Wir, alle Wellen, werden nichts sein! Ist das nicht schrecklich?«

Die zweite Welle sagt: »Nein, du verstehst nicht. Du bist nicht eine Welle, du bist ein Teil des Ozeans.«

Ich lächle. Morrie schließt wieder die Augen.

»Ein Teil des Ozeans«, sagt er, »ein Teil des Ozeans.« Ich schaue zu, wie er atmet, ein und aus, ein und aus.

Der vierzehnte Dienstag

Wir verabschieden uns

Es war kalt und feucht, als ich die Stufen zu Morries Haus hinaufstieg. Plötzlich nahm ich Kleinigkeiten wahr, Dinge, die ich all die vielen Male, als ich ihn besucht hatte, nicht bemerkt hatte. Die Form des Hügels. Die Steinfassade des Hauses. Die Pachysandrapflanzen, das niedrige Gebüsch. Ich ging langsam, nahm mir Zeit, trat auf tote, nasse Blätter, die unter meinen Füßen platt gedrückt wurden.

Charlotte hatte mich am Tag zuvor angerufen, um mir mitzuteilen, daß es Morrie »nicht besonders gutging«. Das war ihre Art zu sagen, daß das Ende nahe war. Morrie hatte seine sämtlichen Verabredungen abgesagt und die meiste Zeit geschlafen, was ihm ganz und gar nicht ähnlich sah. Schlafen war ihm nie wichtig gewesen, nicht, wenn Leute da waren, mit denen er reden konnte.

»Er möchte, daß du ihn besuchen kommst«, sagte Charlotte, »aber Mitch...«

»Ja?«

»Er ist sehr schwach.«

Die Stufen der Veranda. Die Scheibe in der Eingangstür. Ich nahm diese Dinge auf eine langsame, achtsame Art in mich auf, als sähe ich sie zum ersten Mal. Ich fühlte das Tonbandgerät in der Tasche, die von meiner Schulter herabhing, und ich öffnete sie, um sicherzugehen, daß ich Tonbänder hatte. Ich weiß nicht, warum ich das tat. Ich hatte immer Tonbänder.

Connie öffnete die Tür. Normalerweise voller Lebensfreude, hatte ihr Gesicht jetzt einen verhärmten Ausdruck. Ihr »Hallo« klang leise und sanft.

»Wie geht es ihm?« sagte ich.

»Nicht so gut.« Sie biß sich auf die Unterlippe. »Ich mag nicht darüber nachdenken. Er ist so ein liebevoller Mann, weißt du?«

Ich wußte es.

»Dies ist so schrecklich schade.«

Charlotte kam den Flur herunter und umarmte mich. Sie sagte, Morrie würde noch immer schlafen, obwohl es zehn Uhr war. Wir gingen in die Küche. Ich half ihr aufzuräumen, bemerkte all die Tablettendosen, die auf dem Tisch aufgereiht waren, eine kleine Armee von braunen Plastiksoldaten mit weißen Mützen. Mein alter Professor nahm mittlerweile Morphium, um sich das Atmen zu erleichtern.

Ich stellte das Essen, das ich mitgebracht hatte, in den Kühlschrank – Suppen, Gemüsekuchen, Thunfischsalat. Ich entschuldigte mich bei Charlotte, daß ich es mitgebracht hatte. Morrie konnte so etwas seit Monaten nicht mehr essen, das wußten wir beide, aber das Ganze war mittlerweile eine Art Ritual. Manchmal, wenn du jemanden verlierst, klammerst du dich an jedes Ritual.

Ich wartete im Wohnzimmer, wo Morrie und Ted Koppel ihr erstes Interview gemacht hatten. Ich las die Zeitung, die auf dem Tisch lag. Zwei Kinder aus Minnesota hatten sich gegenseitig erschossen, als sie mit den Revolvern ihrer Väter gespielt hatten. In einer Gasse in Los Angeles hatte man ein Baby in einem Mülleimer gefunden.

Ich ließ die Zeitung sinken und starrte in den leeren Kamin. Ich klopfte mit dem Schuh leicht auf den Hartholzfußboden. Schließlich hörte ich, wie eine Tür sich öffnete und schloß, und dann Charlottes Schritte, die sich näherten.

»Okay«, sagte sie sanft. »Er ist bereit, dich zu sehen.«

Ich stand auf und ging in Richtung unseres vertrauten Zimmers, da sah ich eine fremde Frau, die am Ende des Flurs auf einem Klappstuhl saß, den Blick auf ein Buch gerichtet, die Beine übereinandergeschlagen. Dies war eine Hospizkrankenschwester, eine der Frauen, die rund um die Uhr Wache hielten.

Morries Arbeitszimmer war leer. Ich war verwirrt. Dann ging ich zögernd zum Schlafzimmer zurück, und da lag er. Er lag im Bett. Ich hatte ihn nur ein einziges Mal so gesehen – als er massiert wurde –, und sein Aphorismus: »Wenn du im Bett bleibst, bist du tot« fiel mir wieder ein.

Ich ging hinein, zwang mich zu lächeln. Er trug ein gelbes,

pyjamaähnliches Oberteil, und eine Wolldecke bedeckte ihn von der Brust abwärts. Sein Körper war so zusammengeschrumpft, daß ich den Eindruck hatte, irgend etwas fehlte. Er war so klein wie ein Kind.

Morries Mund stand offen, und seine Haut spannte sich blaß über seinen Wangenknochen. Als sein Blick in meine Richtung wanderte, versuchte er zu sprechen, aber ich hörte nur ein leises Grunzen.

»Da ist er ja«, sagte ich und versuchte, soviel freudigen Optimismus wie möglich aufzubringen, obwohl meine Reserven erschöpft waren.

Er atmete aus, schloß die Augen und lächelte dann, wobei der bloße Versuch ihn zu ermüden schien.

»Mein... lieber Freund...«, sagte er schließlich.

»Ich bin dein Freund«, sagte ich.

»Mir geht's... heute... nicht so gut...«

»Morgen wird's dir bessergehen.«

Er atmete erneut aus und nickte mühsam. Er kämpfte mit etwas unter der Decke, und ich erkannte, daß er versuchte, seine Hände in Richtung der Öffnung zu bewegen.

»Halt sie...«, sagte er.

Ich zog die Decke herunter und ergriff seine Finger. Sie verschwanden in meinen. Ich beugte mich über ihn, bis mein Gesicht ein paar Zentimeter von seinem Gesicht entfernt war. Dies war das erste Mal, daß ich ihn unrasiert sah, wobei die kleinen weißen Stoppeln so unpassend wirkten, als hätte jemand fein säuberlich Salz über seine Wangen und sein Kinn gestreut. Wie konnte neues Leben in seinem Bart sein, wenn es sich an allen anderen Stellen zurückzog?

»Morrie«, sagte ich sanft.

»Coach«, verbesserte er mich.

»Coach«, sagte ich. Es überlief mich kalt. Er sprach abgehackt und hastig, Luft einatmend, Wörter ausatmend. Seine Stimme war dünn und rauh. Er roch nach Salbe.

»Du ... bist eine gute Seele.«

Eine gute Seele.

»Es hat mich erreicht ...«, flüsterte er. Er schob meine Hände auf sein Herz. »Hier.«

Ich hatte das Gefühl, einen Kloß im Hals zu haben.

»Coach?«

»Ja?«

»Ich weiß nicht, wie man sich verabschiedet.«

Er tätschelte schwach meine Hand, hielt sie auf seiner Brust fest.

»Dies ist die Art ... wie wir ... uns verabschieden ...«

Er atmete sanft, ein und aus. Ich konnte fühlen, wie sich sein Brustkorb hob und senkte. Dann sah er mir direkt in die Augen.

»Liebe ... dich«, sagte er rauh.

»Ich liebe dich auch, Coach.«

»Ich weiß, daß du ... noch etwas anderes ... weißt ...«

»Was denn?«

»Du ... hast immer ...«

Seine Augen wurden klein, und dann weinte er, wobei sich

sein Gesicht wie das eines Babys verzog. Ich hielt ihn mehrere Minuten lang in meinen Armen. Ich rieb seine schlaffe Haut. Ich streichelte sein Haar. Ich legte eine Handfläche gegen sein Gesicht, und ich fühlte die Knochen dicht unter dem Fleisch und die winzigen nassen Tränen, als hätte jemand sie aus einem Tropfer herausgedrückt.

Als sein Atem wieder normal wurde, räusperte ich mich und sagte, ich wisse, daß er müde sei, deshalb würde ich am nächsten Dienstag wiederkommen, und ich erwarte, daß er dann ein bißchen munterer wäre, bitteschön. Er schnaubte leicht, und es klang fast wie ein Lachen. Aber trotzdem war es ein trauriges Geräusch.

Ich nahm die ungeöffnete Tasche mit dem Tonbandgerät hoch. Warum hatte ich das überhaupt mitgebracht? Ich hatte gewußt, daß wir es nicht benutzen würden. Ich beugte mich über ihn und küßte ihn, mein Gesicht an seinem, Schnauz-bart an Schnauzbart, Haut an Haut, und ließ mein Gesicht dort ruhen, länger als normal, in der Hoffnung, daß ihm dies wenigstens für den Bruchteil einer Sekunde Freude bereiten würde.

»Alles in Ordnung?« sagte ich, mich aufrichtend.

Ich blinzelte die Tränen fort, und als er mein Gesicht sah, schmatzte er mit den Lippen und hob die Augenbrauen. Mir gefällt der Gedanke, daß dies für meinen alten Professor be-stimmt ein kleiner Triumph war: Er hatte endlich bewirkt, daß ich weinte.

»Alles in Ordnung«, flüsterte er.

Die Abschlußprüfung

Morrie starb am Samstagmorgen.

Seine engsten Familienmitglieder waren bei ihm. Rob war aus Tokio angereist, Jon war da und natürlich Charlotte. Und Charlottes Cousine Marsha, die das Gedicht geschrieben hatte, das Morrie bei seiner »lebendigen Beerdigung« so sehr bewegt hatte, das Gedicht, in dem er mit einem »zarten Mammutbaum« verglichen wurde. Sie schliefen abwechselnd neben seinem Bett. Morrie war zwei Tage nach meinem letzten Besuch ins Koma gefallen, und der Arzt sagte, er könne uns jeden Moment verlassen. Statt dessen lebte er tapfer weiter, noch einen harten Nachmittag, noch eine dunkle Nacht lang.

Schließlich, am vierten November, als seine Familie nur für einen Augenblick den Raum verlassen hatte, um in der Küche rasch eine Tasse Kaffee zu trinken – dies war das erste Mal, daß niemand bei ihm war, seit das Koma eingesetzt hatte –, hörte Morrie auf zu atmen.

Und dann war er nicht mehr bei uns.

Ich glaube, daß er dies mit Absicht getan hat. Ich glaube, er wollte uns den schrecklichen Moment ersparen. Er wollte nicht, daß jemand Zeuge seines letzten Atemzuges wurde und diesen dann nie wieder vergessen konnte, so wie er selbst einige schlimme Dinge nicht vergessen konnte: das Telegramm, das die Nachricht vom Tod seiner Mutter brachte, oder die Leiche seines Vaters im Leichenschauhaus.

Ich glaube, er wußte, daß er in seinem eigenen Bett lag, mit seinen Büchern und seinen Notizen in der Nähe. Er hatte in heiterer Gelassenheit gehen wollen, und so ging er dann auch.

Die Beerdigung fand an einem feuchten, windigen Morgen statt. Das Gras war naß, und der Himmel hatte die Farbe von Milch. Wir standen neben dem Loch in der Erde, nahe genug, um zu hören, wie das Wasser des Teichs gegen das Ufer plätscherte, und um Enten zu sehen, die ihre Federn abschüttelten.

Zwar hatten Hunderte von Menschen an der Beerdigung teilnehmen wollen, aber Charlotte sorgte dafür, daß die Trauergemeinde klein blieb: nur ein paar nahe Freunde und Verwandte. Rabbi Axelrad las ein paar Gedichte vor. Morries Bruder David – der von der Kinderlähmung, die er als Kind gehabt hatte, noch immer ein wenig hinkte – hob die Schaufel und warf der Tradition entsprechend Erde in das Grab.

Einmal, als Morries Urne in die Erde gesenkt wurde, schaute ich mich auf dem Friedhof um. Morrie hatte recht.

Es war tatsächlich ein hübsches Fleckchen Erde: Bäume und Gras und ein sanft abfallender Hügel.

»*Du redest, ich werde zuhören*«, hatte er gesagt.

Ich versuchte, das im Geiste zu tun, und war freudig überrascht, als ich entdeckte, daß das imaginäre Gespräch mir fast natürlich vorkam. Ich schaute auf meine Hände hinab, sah meine Armbanduhr und erkannte, warum.

Es war Dienstag.

―――――

»My father moved through theys of we,
singing each new leaf out of each tree
(and every child was sure that spring
danced when she heard my father sing)…« *

E. CUMMINGS,
VORGELESEN VON MORRIES SOHN ROB
BEIM BEGRÄBNISGOTTESDIENST

* Das Gedicht beschwört assoziative Bilder und Eindrücke herauf: das Gefühl der Verbundenheit mit allen Menschen, das zugleich dazu verhilft,
sich selbst zu finden, und eine Atmosphäre der Erneuerung, Wiederge-
burt und Lebensfreude, die durch knospende Blätter im Frühling, durch
Kinder, Tanzen und Singen symbolisiert wird. (Anm. d. Ü.)

Der Unterricht geht weiter

Ich schaue manchmal zurück auf den Menschen, der ich war, bevor ich meinen alten Professor wiederentdeckte. Ich möchte mit jenem Menschen reden. Ich möchte ihm sagen, wonach er suchen, welche Fehler er vermeiden soll. Ich möchte ihm sagen, er solle offener sein, die Verlockungen der Werbung ignorieren, aufmerksam zuhören, wenn die Menschen, die er liebt, reden. Er solle zuhören, als wäre es das letzte Mal, daß er sie reden hört.

Vor allem möchte ich jenem Menschen sagen, er solle sich in ein Flugzeug setzen und einen freundlichen alten Mann in West Newton, Massachusetts, besuchen, lieber früher als später, bevor dieser alte Mann krank wird und nicht mehr fähig ist zu tanzen.

Ich weiß, daß ich dies nicht tun kann. Niemand von uns kann ungeschehen machen, was wir getan haben, oder ein Leben, das bereits gelebt wurde, noch einmal leben. Aber wenn Professor Morrie Schwartz mir überhaupt irgend etwas beigebracht hat, dann dieses: Es gibt nicht so etwas wie ein »zu spät« im Leben. Er veränderte sich bis zu dem Tag, an dem er sich verabschiedete.

Nicht lange nach Morries Tod erreichte ich meinen Bruder in Spanien. Wir hatten ein langes Gespräch. Ich sagte ihm, daß ich sein Bedürfnis nach Distanz respektiere und daß ich nur eines wolle: mit ihm in Kontakt sein – in der Gegenwart, nicht nur in der Vergangenheit –, um ihn so sehr in mein Leben einzubinden, wie er es zulassen konnte.

»Du bist mein einziger Bruder«, sagte ich. »Ich möchte dich nicht verlieren. Ich liebe dich.«

Ich hatte so etwas noch nie zuvor zu ihm gesagt.

Ein paar Tage später erhielt ich ein Fax von ihm. Es war mit den ausufernden Großbuchstaben geschrieben, die die Schrift meines Bruders immer charakterisiert hatten.

»HI, ICH HABE DEN ANSCHLUSS AN DIE NINETIES GEFUNDEN!« begann er. Er erzählte ein paar kleine Stories, was er in jener Woche getan hatte, ein paar Witze. Der Schlußsatz lautete folgendermaßen:

ICH HABE IM AUGENBLICK SODBRENNEN UND DURCHFALL —
DAS LEBEN IST ZUM KOTZEN.
SOLLTEN WIR UNS SPÄTER UNTERHALTEN?
(Unterschrift) KRANKER ECKZAHN

Ich lachte, bis mir die Tränen in die Augen stiegen.

Dieses Buch war weitgehend Morries Idee. Er nannte es unsere »letzte Doktorarbeit«. Wie die besten Arbeitsprojekte brachte es uns einander näher, und Morrie freute sich, als mehrere Verleger Interesse bekundeten, obwohl er starb, bevor er irgendeinen von ihnen kennenlernte. Der Vorschuß half, Morries enorme Arztrechnungen zu bezahlen, und dafür waren wir beide dankbar.

Der Titel fiel uns übrigens eines Tages in Morries Büro ein. Morrie hatte mehrere Ideen. Aber als ich sagte: »Wie wär's mit: *Dienstags bei Morrie?*«, da lächelte er und schien fast ein bißchen rot zu werden, und ich wußte, daß ich das Richtige getroffen hatte.

Nachdem Morrie gestorben war, sah ich Kästen mit altem Collegematerial durch. Und ich entdeckte ein Referat, das ich für einen seiner Kurse geschrieben hatte. Es war mittlerweile zwanzig Jahre alt. Auf der ersten Seite standen Bemerkungen, die ich mit Bleistift für Morrie darauf gekritzelt hatte, und darunter standen seine Kommentare, die an mich gerichtet waren.

Meine begannen: »Lieber Coach...«

Seine begannen: »Lieber Spieler...«

Aus irgendeinem Grunde vermisse ich ihn jedesmal, wenn ich das lese, ein wenig mehr.

Haben Sie jemals einen richtigen Lehrer gehabt? Jemand, der Sie als etwas Rohes, aber Kostbares betrachtete, ein Juwel, das, wenn man es richtig anfaßte, auf Hochglanz poliert werden konnte? Wenn Sie das Glück haben, einmal einen solchen Lehrer gefunden zu haben, dann werden Sie auch immer wieder den Weg zu ihm finden. Manchmal ist der Weg nur in Ihrem Kopf. Manchmal führt er Sie direkt an sein Bett.

Der letzte Kurs im Leben meines alten Professors fand einmal in der Woche in seinem Haus statt, neben einem Fenster im Arbeitszimmer, wo auf der Fensterbank ein kleiner Hibiskus seine rosafarbenen Blüten abwarf. Der Professor und sein Schüler trafen sich dienstags. Man brauchte keine Bücher. Das Thema war der Sinn des Lebens. Die Lektionen basierten auf Erfahrung.

Der Unterricht geht weiter.

MARLO MORGAN

»Ein überwältigendes Buch.
Eine wunderbare Geschichte über die
mystische Reise einer Frau.«
Marianne Williamson

43740

GOLDMANN

BILL BRYSON

»Wer die Briten und ihr Land liebt,
muß dieses Buch lesen, und wer sie
erstmals kennenlernt, auch.«
Bücherpick

Bill Bryson
Reif für die
Insel

England für Anfänger und
Fortgeschrittene

GOLDMANN

44279

GOLDMANN

BATYA GUR

Inspektor Ochajon untersucht einen Mord im Kibbuz
und stellt fest, daß hinter der Fassade von
Harmonie und Solidarität tödliche Konflikte lauern...

»Ein hervorragender Roman, packend erzählt,
ans Gefühl gehend, fesselnd!«
Facts

44278

GOLDMANN